二見サラ文庫

屋敷神様の縁結び
～鎌倉暮らしふつうの日ごはん～

瀬王みかる

| Illustration |

ゆうこ

| 本文Design |

ヤマシタデザインルーム

C O N T E N T S

プロローグ

世の中には一目惚れという現象があるらしいが、自分には無縁のものだと思って今までの人生を生きてきた。

だが今日、ついに出会ってしまったのだ。

川嶋芽郁、三十二歳にして、運命の相手に……！

それはまさに、運命の出会いとしか言いようがなかった。

一目見たその瞬間、まるで雷に打たれたかのような衝撃が全身を走り、一瞬にして心を奪われた。

ああ、自分が長い間探し求めていたのは、まさしくあなただったのだと、芽郁はうっとりと見つめる。

惜しむらくは、芽郁の一目惚れの相手が人間ではなかったということなのだが。

第一章

出会いは干し柿のクリームチーズ和えと共に

川嶋芽郁は、現在俗にいう人生の転機を迎えていた。

都内の美大を卒業し、そこそこの規模のデザイン会社に就職して働き続けること、早十年。

長いようで、あっという間だったような気もする。

仕事は楽しかったし、このままずっと勤め続ける気でいた会社に先月退職届を提出し、芽郁は晴れて無職の身となった。

理由はいろいろある。

離婚も、決定的な出来事があるというよりも、日々の細かい不満や擦れ違いが積み重なって蓄積して決断に至ると聞いたことがある。

退職願を出すのも、それと似た感じなのではないか。

フロアチーフを任され、そこそこやり甲斐はあったが、退職に踏み切った一番の原因は、それまで信頼していた直属の上司・苑田に手柄を横取りされたことだ。

芽郁が長い間温めてきた企画を相談したところ、苑田はアドバイスをくれて「いい出来だ。きっとコンペに通るよ」と太鼓判を押してくれた。

ところが、蓋を開けてみればその企画は苑田主導とされており、実質彼の手柄になっていた。

やんわりと抗議はしたものの、苑田には「あれ、俺の名前で出してなきゃコンペ通らなかったよ。次は川嶋に任せるから、頑張ろうな」などと宥められて誤魔化されてしまった。

次こそは、と前にもまして努力しても、結局直前で苑田の功績にされてしまう。

そんなことが何度か続き、あんまりだと訴えても苑田はまともに取り合ってくれず、のらりくらりと逃げるばかり。

そう、彼には最初から自分を推してくれる気など毛頭なかったのだ。

——こんな人に、憧れてたなんてホントにバカみたいだ。

年齢が近く、話しやすさや柔軟さもあって、上司というよりよき先輩だと勝手に思っていた。

ほのかな憧れすら抱いていた相手にただひたすら利用され、裏切られた痛手に絶望し、芽郁は退職願を出していた。

後先考えず、次の仕事を見つける前に辞めてしまったことは、今でも多少後悔している。

だが、賽は投げられたのだ。

過去を振り返ってばかりいても、しかたがない。

あまり知られてはいないが、デザイン業界はそこそこブラックで、納期前は数日家に帰れなかったりすることもざらだ。

この十年、長時間労働に慣れていた身には、退職して出勤しなくなると、急に無限の時間が与えられたような気がして、なにをしたらいいのか困惑してしまう。

もう満員電車に乗らなくていいし、終電の時間を気にすることもない。

終電に間に合わなかった時は自腹だったタクシー代だって、節約できる。

そんな喜びを嚙み締め、最初は思う存分自由を満喫し、今までよく働いたご褒美休暇だとダラダラ過ごした。

ところが一ヶ月もすると、することがない現状が不安を誘い、暇だと逆に落ち着かなくなってくる。

――私って、つくづく社畜体質だったんだなぁ。

本当は、こんな辞め方をするつもりはなかったのに。

このままでは今後も苑田にうまく利用され続け、一生今の環境から抜け出せないことが怖くて、見切り発車で辞めてしまったのだ。

失業保険がもらえるまでの三ヶ月、次の勤め先を探してはみたものの、条件に合うものはなかなか見つからなかった。

就職難な昨今、条件をじょじょに下げていっても厳しい。

そして失業保険がもらえるのは、百二十日後。

難航する再就職に、芽郁は今までのツテを頼ってWeb関係などの細々とした仕事を回してもらうようになった。

このまま、思い切ってフリーランスとして独立しようかとも考えたが、今の状況では生活していくには正直心許ない。

　多少貯金はあるが、失業保険が切れた後もこのまま家賃を払い続けていけば、すぐ苦しくなるだろう。

　――もう少し、家賃が安いところに引っ越そうかな……。

　フリーランスになるなら、もう都内に通勤しなくてもいいのだからどこにだって住める。ここは運気の流れを変えるためにも、心機一転引っ越しをしよう。

　いったん決めると、芽郁の行動は早く、あれこれ物件のリサーチを始める。

　そう、彼女には人生のうちで一度はやってみたい、長年の夢があったのだ。


「会社を辞めた⁉　次は決まってないの？　転職するのに、どうして次の会社を決めてから辞めなかったの？　この就職難のご時世に、無計画な子ねぇ」

　本当は言いたくなかったのだが、いずれバレることなので、母に退職の報告をしに行くと、案の定畳みかけるように叱責された。

　ええ、ええ、それはもう本人が一番自覚してますよ。

　口に出すと、またお説教が長引くので、芽郁は実家で飼っているアメリカンショートヘアのココを膝の上に抱き、その背を撫でながら心の中でだけ呟く。

「でもまぁ、ちょうどいい機会だからお見合いしなさい。叔母様から、またいいお話いただいたところなのよ。結婚すれば生活の保証はされるし、後は旦那様の扶養の範囲で働けばいいじゃないの」

会社を辞めたと報告すれば、こう来るのはわかっていた。

前々から、母は何度断っても懲りずに親戚筋からの縁談を持ちかけてくるのだ。

「お母さん、いつも言ってるでしょ。今は結婚する気ないって」

「そんな悠長なこと言ってられる年じゃないでしょ。どうしてあなたって子は、そう暢気なのかしらねぇ」

と、露骨にため息をつかれてしまう。

「ほら、真面目そうな人でしょ？　三十六歳、公務員。趣味はドライブにゴルフってとこが月並みだけど、こういう大人しそうな人が芽郁には合ってると思うわ。あなた、けっこう気が強いから」

無理矢理見合い写真を押しつけられ、芽郁は渋々それを見る。

中肉中背の、大人しそうな男性。

確かに条件はいいし、もちろん悪い人ではないのだろうが、こうやって条件や釣書だけでこの先何十年も共に暮らす相手を決める自分を、芽郁はとても想像できなかった。

決して、恋愛結婚にこだわっているというわけでもないのだけれど。

要するに、今はまだその時期ではないのだという結論に至る。

「……とにかく！　お見合いはお断りしておいて。私、これからしばらくはフリーになる準備で忙しいから」

「またそんなこと言って！　フリーのデザイナーなんて、食べていくのは大変なんでしょう？」

まだまだ母のお小言は続きそうだったし、そろそろ義父が帰ってくる時間だと気づいた芽郁は、早々に席を立った。

「じゃ、帰るね。また来るから。バイバイ、ココ」

ココに挨拶すると、ココもにゃあん、と鳴いて返事をしてくれる。

「……夕飯食べていかないの？」

「うん、友達と約束あるから」

「……そう」

それが嘘だと、母は薄々気づいているかもしれない。

自分の再婚相手と芽郁の仲が、多少ギクシャクしたものであることは、母もとっくに察しているだろうから。

だが、互いにそれは口には出さず、笑顔で別れる。

芽郁の実父は、芽郁が中学生の時に、いわゆる外に愛人を作り、ほとんど家出同然で出ていってしまった。

当時のすったもんだは、それは大変だったので正直もう思い出したくもない。

結局両親は離婚したのだが、母は裕福な家で育ち、今まで働いたことのない箱入りお嬢様だったので、突然のことに取り乱してなにもできなかった。

そしてしばらく実家の援助で生活し、その後すぐ両親から紹介された条件のいい男性と、母は再婚した。

女手一つで芽郁を抱え、苦労するより新たな傘の下に入る道を選んだ。

そんな母にとって、『女性のしあわせは結婚』というのが揺るぎない価値観なのだ。

義父は大手製薬会社を経営する一族の御曹司で、確かに裕福ではあったが、その分独善的な性格だった。

このマンションも義父の所有で、賃貸で借りれば月百万以上はする高級物件だ。

芽郁は義父とあまりソリが合わず、大学を卒業すると会社の近くに住む方が便利だからと実家を出て一人暮らしを始めたのだ。

義父も同じく子連れで、芽郁には三つ年下の義妹ができたのだが、彼女は幸い母とうまくやってくれているようで、まだ実家で優雅に暮らしている。

実の父とはもう長い間連絡も取っていないが、愛人と再婚し、子どももいると聞いた。

父にも母にも新しい家族があり、自分だけがそのどちらにも所属できない疎外感を抱え、芽都は生きてきたのだ。

そんな環境が、芽都に結婚に二の足を踏ませる原因なのかもしれない。

母が、自分のことを思ってあれこれ小言を言うのはよくわかっているし、ありがたいと思う。

だが、今はもう時代が違う。

生活のために結婚するというのは、やはり抵抗があるし、なにより相手に対して失礼だと思ってしまうのだ。

――とにかく独り立ちして、自分の足で立ってからだよね！

よし、やっぱり引っ越しをしよう、とまだ少し迷っていた心が決まる。

まずはここでいったん人生をリセットし、気分転換に環境を変えてみよう。

フリーランスになるなら、パソコンとネット環境さえ整っていれば無理をして都内に住む必要もない。

もっと家賃の安い地方都市に移住するという選択肢だってある。

翌日、思い立ったが吉日とばかりに、そんな勢いだけで電車に飛び乗り、向かった先は古都鎌倉だ。

芽郁は生まれも育ちも東京で、幼い頃からずっとマンション育ちだった。

一戸建てに住んだことは、今まで一度もない。

昔から古い建築物に興味があり、趣味は古民家の写真集を眺めることだ。

いつか鎌倉の古民家に移住し、休日は海を眺めながら散歩したり、のんびり家庭菜園でもしながら暮らしてみたい。

いつの頃からか、そんな憧れを胸に抱くようになっていた。

今買うのはもちろん無理だが、もしかしたら理想の物件が賃貸に出ているかもしれない。

そう考えたのだ。

鎌倉の雰囲気が大好きで、年に何度かは訪れているので、そこそこ土地勘もある。

鎌倉なら都心にも近くて便利だし、心機一転して再出発の住処を探すにはうってつけな気がした。

久しぶりに鎌倉駅に降り立った芽郁は、さっそく近くの不動産会社を探して足を運んでみた。

ネットでも物件は検索できるが、掘り出し物は情報が公開される前になくなってしまうことが多いので、運がよければ素敵な出会いがあるかもしれない。

そう、結婚と家は巡り合わせと運が重要なのだ。

そう意気込んでいた芽郁だったが……。


「古民家？　うちでは扱ってませんね」

「あるにはありますけど……お家賃かなり高いですよ？　なにせリフォーム代がけっこうかかってますので」

「それよりも、オススメのワンルームマンションがあるんですが、いかがです？」

とりあえず、駅近の不動産会社を三軒回ってみたが、結果はこれだった。

「はぁ……全滅か」

いくら鎌倉に古民家が多いとはいえ、賃貸にはなかなか出ないのかもしれない。

たまにあっても、家賃が折り合わない高級物件だったりで涙を呑むことになる。

失業中の身にはかなり厳しい現実を目の当たりにし、芽郁は落胆した。

物件探しは途中で観光日帰り旅へと変更になり、芽郁は落胆した気分を上げるべく、小町通りで食べ歩きを楽しむことにした。

新しくできたスイーツ店などを冷やかしつつ、小町通りに来ると必ず寄ってしまう豆菓子専門店では、カレー味の炒った空豆や、白胡麻をたっぷりと含んだ衣をまとわせた落花生など、定番の豆菓子をあれもこれもとお土産に買い込む。

大好きなクレープ店でレモンシュガーを注文し、店先の椅子を借りていただく。砂糖と生のレモンを搾っただけのシンプルなクレープだが、爽やかな甘さが癖になる味で、何枚でも食べられそうな気がする。

平日はいつも訪れる週末よりも少し空いていて、これが無職の醍醐味だよねと自分を慰めた。

まぁ、せっかく来たのだからと、いい物件が見つかりますように、を最優先に、ちゃっかり仕事もたくさんいただけますように、などといくつかの神社をはしごする。

鎌倉にはとにかく多くの神社仏閣があるので、神頼みをするにはもってこいだ。

と、自分としては今までできなかった自由を満喫しているつもりだったのだが。

本当はこれから先の不安でいっぱいで、それを誤魔化すための空元気で新生活エンジョイ計画など立てているのかもしれない。

歩きながら思わずため息をつくと、芽郁はふと足を止めた。

あてもなくブラついていたら、いつのまにか裏駅方面に来ていたようだ。

鎌倉裏駅とは、小町通りなどがある、いわゆる繁華街とは駅を挟んだ反対方向の静かな住宅街エリアだ。

こちらに来ると観光客の姿も少なく、落ち着いた雰囲気に一変する。

古都鎌倉は観光地としての顔と、古くからの街並みが混在しているところも魅力的だ。

この周辺には店もあるが、ほとんどが個人宅で、近代的でお洒落な家がたくさん建っている。

それらを眺めて歩くのも芽郁は好きだった。

よし、今日はもう少し散策したら引き揚げよう。

そう決めた芽郁の目の前を、ふいに一匹の猫が横切った。

毛並みのよい、三毛猫だ。

かなりの美猫で、赤いリボンの首輪をつけているので飼い猫なのだろう。

「わぁ、可愛い！　こんにちは」

実家でもずっと猫を飼っていて、大の猫好きなのだが今住んでいるワンルームマンションはペット禁止なので、こうして外で猫に出会うとつい声をかけてしまう。

すると三毛猫は値踏みするような眼差しでじっと芽郁を見つめ、そしてツンと顎をそらして歩き出す。

つれないなぁ、と思いつつ見送っていると、三毛猫はちらりと振り返り、足を止めた。

その仕草が、「なにしてるの？　どうしてついてこないわけ？」とでも言いたげだったので、芽郁は好奇心をそそられて後に続く。

途中、何度か振り返って芽郁がついてくるのを確認しながら、三毛猫はさらに閑静な住宅街を進んでいく。

しばらく猫に付き合って、芽郁ははたと我に返った。

いったい、自分はなにをやっているのだろう？

こんなことをしている暇があったら、ポートフォリオを作って仕事の営業や引っ越し先を探さないと……。

「猫ちゃん、どこまで行くの？　悪いけど、私そろそろ帰らないと……」

そう声をかけたが、皆まで聞かぬうちに三毛猫はさっと突き当たりの細り路地へ入っていってしまった。

もう、ここで引き返そう。

そう決めて角を覗（のぞ）くと、そこには一軒の古民家があった。

いや、古民家というよりは、まさにお屋敷と表現した方がふさわしい豪邸だ。

恐らく、築百年近くは経（た）っているのではないだろうか。

「わぁ……」

『藤ケ谷（ふじがや）』と表札がかかった、木製の風情ある正門は、まるで武家屋敷のようだ。

たまたまなのか、その正門が開いていて、外からでも屋敷全体を眺めることができた。

石塀で周囲を囲まれ、平屋造りの立派な瓦（かわら）屋根やその重厚な構えは、いかにも古都の歴史を感じさせる。

有り体に表現するなら、そのお屋敷は芽郁の好みにドンピシャだった。

まさに、運命の出会い……！

これを運命の出会いと言わずして、なんと言おうか？

かくして芽郁は、生まれて初めての『強烈な一目惚れ』を経験したのである。


ああ、なんて素敵なお屋敷なんだろう……！

庭はどうなっているのだろうか、と、好奇心には勝てず、芽郁は三毛猫が通り抜けした石塀の飾り穴からこっそり中を覗いてみた。

予想通り、かなり広い敷地にはみごとな日本庭園があり、石灯籠（いしどうろう）などがちらりと見える。

もしこんなお屋敷で暮らせたら、広い庭で家庭菜園もしてみたい。

だが、なんだか殺伐としていて人の気配も感じられないので、誰も住んでいないのだろうか？

そこで芽郁は、庭の片隅に小さな祠（ほこら）のようなものがひっそりと建っていることに気づいた。

昔は恐らく立派だったであろう木製の祠だが、今は色あせ、かなり古びてしまっている。けれどその前には御神酒（おみき）と米などのお供え物がきちんとあがっていたので、祀（まつ）っている人はいるのだろうか？

「猫ちゃん、どこ？」

小声で呼びかけてみても、もう三毛猫は姿を見せなかったので、芽郁は屋敷の正門の方へ回り込みながら、じっくりと建物を眺めた。

見れば見るほど、芽郁が理想としていた古民家だ。

かなり高級な木材が使われているので、長い年月を経ても健在なのだろう。

外観は古いが、きちんと定期的に手入れをされているのがわかる。

――ああ、こんな素敵なお屋敷で暮らせたらなぁ……。

どんなに素晴らしい毎日が待っていることだろう。

運命の出会いに離れがたく、つい未練がましくうろうろしていると、ふと玄関脇に貼（は）られていた小さな張り紙に気づいた。

『住み込みの管理人急募。仕事内容、要相談。月給～』

個人宅で住み込みの管理人とは、めずらしい。

やはり、屋敷の外観通り裕福な家なのだろうか？

そんなことを考えながら、続きを読むと……。

『ただし、無人の家に一人で住める方限定』の文字が。

――え……？　ちょっと待って……このお屋敷に一人で住めるってこと!?　これって、私のために用意された仕事じゃない？

これは、さっそくさきほどの神頼みが効いたのだろうか？

まさに、即断即決。

芽郁は震える手でスマホを取り出し、張り紙に記載されていた電話番号にかけようとした。

と同時に、こんな衝動的に次の仕事を決めていいものかというためらいも感じるが。

いや、このお屋敷で暮らせるなら、この際なんでもいい……！

そんな気持ちの方が勝り、芽郁はドキドキしながらコール音を聞く。

先方はどうやら弁護士事務所のようで、張り紙を見て電話した旨を伝えると、受付の女性が少々お待ちくださいと、どこかへ電話を転送してくれた。

しばらく待つと、今度は若い男性らしき人物が電話に出る。

『はい、藤ヶ谷です』

みごとなバリトンだが、かなり無愛想な応答だ。

だが、そんなことは気にせず、芽郁は一気に畳みかけた。

「あの、お屋敷の張り紙を見てお電話させていただきました！　詳しいお仕事内容を教えていただけますか？　私、川嶋芽郁と申します。独身です！　一人です！　今のところ結婚の予定はまったくありません！」

芽郁の勢いに気圧されたようだが、先方の反応はいかにも気乗りしなさそうだ。

『古民家に一人暮らしなんて条件、本当に呑めるんですか？　雇ってすぐ辞められても困るので』

そう言いつつも、男性は芽郁の知りたかったことを教えてくれた。

主な仕事は、この屋敷に住み、維持管理と清掃。

そしてペットの世話をすることらしい。

「さっき会った三毛猫ちゃんのことですか？　綺麗な子ですよね」

『そうです。それと、もう一つ』

と、男性はなぜか言いにくそうに続ける。

『うちは屋敷神様を祀っているので、毎朝御神酒とお供えをあげてもらうのが条件です』

「屋敷神様……？」

聞き慣れない言葉だったので、芽郁は首を傾げる。

『家の守り神のようなものです。それらの業務をきちんとこなしてもらえれば、残りの空き時間は好きにしてもらってかまいません』

神様のお世話というのが少し風変わりではあるが、どうやら要約すると住人のいないこの屋敷を管理することが主な仕事のようだ。

「え、本当にいいんですか？　私、実はフリーのデザイナーなんですけど、そちらの仕事を続けても？」

『お好きにどうぞ。うちはとにかく、誰かに住んで管理してもらえればそれでいいので』

なんということだろう……！

管理人の仕事をするなら、デザイナーの仕事はあきらめなければならないかもと思っていた芽郁にとって、それは願ってもない条件だった。

「もう、ぜひ面接をお願いしたいです！　私、このお屋敷に住みた……じゃなくて、管理人のお仕事をやらせていただきたいです！」

つい熱がこもり、正門前で思わず力拳を握って力説すると、ふいに奥の玄関の引き戸がガラリと開いた。

驚いて見上げると、そこにはスマホを耳に当てた若い男性が立っている。

年の頃は、自分と同世代の三十二、三歳といったところか。

百八十センチ近い長身で、質のよさそうなシャツにセーター、チノパンと、軽装ではあるがいかにも裕福な家の御曹司といったルックスだ。

整った顔立ちをしているが、その眉間には不機嫌そうな縦皺がくっきりと刻まれている。

「とりあえず、中へお入りください。あなたの声は家の中までよく聞こえたので、近所迷惑になりますから」

「……す、すみません……」

咄嗟に謝り、芽郁ははたと重要なことに気づく。

「ちょっと待ってくださいっ。履歴書持ってないので、今すぐ買ってきます……！」

それから。

芽郁は近くにあるコンビニまで走り、無事履歴書を買って戻ってきた。

しかし通された居間で雇い主の面前（しかもかなり不機嫌そう）で履歴書を書く面接など、あるだろうか。

まさに、疾風怒濤。

この時点で不採用決定では、と冷や汗が出てくる。

なんとか履歴書を書き終えて差し出すと、男性は無言でそれを受け取った。

「で？　本気で働く気はあるということですか？」

「は、はい、もちろんです！」

男性が履歴書に目を通している間、室内の装飾と居間の欄間の豪華な細工に惚れ惚れと見とれていた芽郁は、はっと我に返る。

そして、鎌倉観光をしていてたまたま三毛猫に出会い、ここに辿り着いたことを説明し、通りすがりなので唐突で申し訳なかったと言い添えた。

一応口頭でも自身の略歴と、前職はデザイン会社勤務でそこを退職した旨を告げる。

考えてみれば、まさか電話した数分後に面接してもらえるなんて、夢にも思っていなかった急展開だ。

とはいえ、かなり胡散臭いというか、行き当たりばったりの衝動的な人間だと思われているのではないか。

恐る恐る、黒壇の立派な座卓を挟んだ向かいの男性の様子を窺うと、彼は依然不機嫌そうだ。

「ご承知の通り、少々変わった仕事内容ですので、応募は来るのですが、なぜか皆すぐ辞めてしまうので、こちらも冷やかしはご遠慮願いたいんです。若い女性一人でここに住むのは寂しいでしょうし、よく考えた方がいいのでは？」

どうやら先方は、芽郁が独身女性だということに難色を示しているようだ。

やはり単身者とは男性を想定していたのだろうか？

ここがふんばりどころだ、と芽郁は気合いを入れる。

「ご心配なく。私、筋金入りのおひとりさまなのでぼっち上等ですし、掃除も得意です。

管理人のお仕事に向いてると思います！」

聞けば、警備会社と契約していて、敷地内には防犯カメラもセットされているし、万が一の際には警備員が派遣されるシステムになっているらしい。

それなら女性一人でも安心ですよね、と芽郁がさらにやる気満々になったので、男性はため息をつく。

「……わかりました。とりあえずお試し期間ということで、一ヶ月お願いします。それで務まりそうだと思ったら、正式に契約ということでどうですか？」

むろん、その一ヶ月もきちんと日給は出るとの説明を受け、芽郁に否やがあろうはずがなかった。

仮に雇ってもらえなくても、一ヶ月もこの屋敷に住めるならそれだけで充分だ。

「それでけっこうです。よろしくお願いいたします！」

すると、彼は失礼、と断ってどこかへ電話をかけ、それから思い出したように、「申し遅れましたが、ここの家主で、藤ヶ谷と申します」と自己紹介した。

都内にある大手広告代理店のマーケティング事業部主任、『藤ヶ谷蒼一郎（そういちろう）』という名の入った名刺をくれた男性は、裏に携帯電話の番号を記入し、渡してくる。

聞けば、本来なら面接や契約はすべて弁護士に一任しているとのことだ。

どうやら、前の人間が辞めてしまったので、たまたま有休を取って家の様子を見にやってきていたところに芽郁と鉢合わせたようだった。

普段は南青山のマンションで暮らしているとのことで、なにか緊急事態が起きた時には連絡するようにと申し渡される。

――こんな素敵なお屋敷があるのに、住まないなんてもったいないなぁ。

鎌倉から都内へ通勤している人はたくさんいるのに、と芽郁は心の中で、なぜ彼がここに住まないのか不思議に思った。

「詳しい仕事内容に関しては、後ほど弁護士から説明を受けてください。では、俺はこれで」

面接時間、僅か十分ほど。

用が済むと、蒼一郎はさっさと帰り支度を始める。

「あ、あの！　家具とかこのまま使ってしまっていいんでしょうか？　ずいぶん高価そうですけど」

さきほどから気になってしかたがなかったことを、急いで質問すると、蒼一郎の眉間の皺はさらに深くなる。

「好きに使ってもらってかまいません。この屋敷にあるのはすべて祖父のもので、俺は興味ありませんので」

と、まさにとりつくしまがない。

「……はぁ」

――まだ若くてイケメンなのに、なんだかステッキ振り回してる頑固なお爺ちゃんみたいな人だなぁ。

と、芽郁は少々失礼な感想を抱いた。

そこへ、玄関のインターフォンが鳴り、蒼一郎が「勝手に上がってください」と居間から声をかける。

「蒼一郎さん、いきなり呼び出すのはカンベンしてくださいよ〜。僕にだって予定というものがあるんですから」

ぶつぶつと文句を言いながら、一人の男性が上がり込んできたのと入れ違いに、蒼一郎は二言三言、彼と会話を交わすと玄関を出ていく。

「急な面接、ありがとうございました。精一杯頑張ります！」

芽郁の最敬礼の挨拶にも素っ気なく会釈を返し、蒼一郎はそのままさっさと帰っていってしまった。

「いやぁ、まさかこんな急に後任の方が決まるなんて思ってなかったんですが、よかったです」

蒼一郎に呼び出された男性は弁護士を名乗り、浜中恒という名入りの名刺をくれた。

こちらもまだ三十半ばくらいの若さで、眼鏡をかけ、ひょろりとした痩せ形の気弱そうな男性だ。

「ここ、猫ちゃんいるでしょう？　あ、名前はモナカっていうんですけどね。辞められると、毎度僕が餌やりに通わないといけないので助かりました。川嶋さん、辞めないでくださいね。ここ、出入り激しくて」

確か、蒼一郎も似たような愚痴を零していた。

そう言われると、なにか問題があるのかと少々心配になってくる。

思えば、無人の家に住んで掃除と猫の餌やり、それに屋敷神のお世話をするだけにしては給料もよかった。

なにか裏があるのでは、と今さら不安が募ってくる。

「あの……なぜ前の方が辞められたのか、お聞きしてもいいですか？」

思い切ってそう切り込むと、浜中は少し慌てたように取り繕った。

「さ、さぁ。僕は詳しい事情は知らないので、蒼一郎さんに聞いてみてください。では、こちらの書類にサインしていただきたいのですが」

浜中が差し出してきたのは、一ヶ月の仮契約の書類と、この屋敷で見聞きしたことは外に漏らさないという、守秘義務契約の内容だった。

やはり裕福な家なので、こうした安全策が必要なのだろうか。

前の管理人たちが辞めた理由が少々気になるが……。

熟読し、取り立ててほかに不自然な点はなかったので、芽郁は書類にサインしたのだった。

まさになりゆきだったが、驚くほど怒濤の勢いで芽郁の再就職先は決定してしまった。

母には、また思いつきで考えなしに行動して、とお小言を喰らうのは必至なので、当面は内緒だ。

連絡はたまに来るがスマホにかかってくるので、しばらくの間なら誤魔化すのは可能だろう。

『芽郁、それヤバいって。アブナイ匂いがするよ！』

一応友人の優衣にだけはざっと事情を説明すると、案の定全力で止められた。

「や、やっぱりそう思う……？」

『だってそれ、条件がおいしすぎるもの。いい話には裏があるって言うでしょ？　今からでも遅くないから、断ったら？』

言えない、その場でもう仮契約してしまったなんて。

さすがにそれを言ったらますますあきれられそうなので、芽郁はとりあえず万が一の時のために屋敷の住所を伝え、「一週間連絡が取れなかったら捜しに来てね」と頼んで電話を切った。

──はぁ……どうしてあんなに衝動的に契約しちゃったんだろう？

マイペースではあるが、それなりに慎重な芽郁は仕事や契約ではかなり念入りに調べ、納得してから決める性質なのだ。

それがあの場では、ただもうあの屋敷に住めるなら、なんでもかまわないくらいの勢いが止められなかった。

今思い出しても、まるで熱に浮かされたような状態だったように思う。

これも一目惚れの魔力なのだろうか？

まぁとにかく、一ヶ月お給料ももらえてあのお屋敷に住めるわけだし、その後こちらから断ることもできるのだから、と自分に言い聞かせる。

かくして芽郁は、当座の着替えや身の回りの品を宅配便で送り、自らも旅行用キャリーを引いて再び鎌倉へと向かったのである。

こうして、芽郁が長年憧れていた念願の古民家生活が思いもよらぬ唐突さで始まった。

あらかじめ浜中から渡されていた合い鍵で玄関を開ける瞬間から、ワクワクする。

藤ヶ谷邸は母屋と離れが渡り廊下で繋がっている構造で、離れにも風呂やキッチン、トイレが独立して備えられている。

屋敷の敷地は、ざっと見て千坪くらいだろうか。

その中央に平屋の母屋と離れがL字型に位置し、正面に正門と見栄えのよい日本庭園、柿や梅などの樹木が生い茂った広大な裏庭の一角には例の屋敷神の祠があり、古めかしい大きな蔵が一つある。

母屋と離れの間の渡り廊下には、日当たりのよい南向きの長い広縁があり、縁側で日本庭園を眺められるようになっていた。

母屋の建坪は、約二百平米の8LDKで、昔ながらの畳敷きの和室が多い。

離れは約百平米の4LDKで、こちらは近年のリフォームでかなり和洋折衷になっている。

どうやら藤ヶ谷家の住人は、先代の親世代が母屋で、子世代がこの離れで暮らしていたようだ。

今までの管理人も、皆離れで生活していたらしいので、芽郁も離れの部屋で荷ほどきし、備えつけの和箪笥に着替えなどを入れさせてもらった。

家具は年代物のアンティーク。

芽郁にとってはまさに垂涎の品で、あちこち家具を眺めているうちに、あっという間に時間が経ってしまう。

キッチンと水回りはリフォームされていて、テレビや冷蔵庫などの家電は最新式なので生活するには快適そうだ。

洗面所とトイレは簀子天井で、風呂は檜をふんだんに使っているのでいい香りがする。

贅沢な内装はいくら眺めていても飽きないが、管理人として雇われた身なので、まずは働かねば。

「さて、やりますか！」

仕事として引き受けたからには精一杯頑張ろうと、荷物の整理が一段落すると当日からさっそく庭へ出る。

引っ越してまず最初にしたのは、屋敷神に御神酒と生米、それに塩をお供えすることだ。

庭の片隅にひっそり佇むその小さな祠には、少し落ち葉がかぶっていたので、周囲を綺麗に掃除してから改めてお供えする。

二礼二拍手一礼。

普通の神社の作法と同じに深々と頭を下げ、手を合わせる。

「今日からこのお屋敷の管理人になりました、川嶋芽郁と申します。これからどうぞよろしくお願いいたします」

浜中から渡されたマニュアルには、毎朝御神酒と生米、塩を供え、夕方には下げること。定期的な祠の掃除や、しめ縄の張り方などが記載されていた。

神棚を祀ってある家では、よくある作法だ。

母の実家が商売をしていたので、幼い頃からよく祖母の家に遊びに行っていた芽郁は、自然と神棚に手を合わせることを憶えていった。

――でも、屋敷神様って、いったいなんなんだろう?

よく知らなかったのでふと疑問に思い、スマホで検索してみる。

要約すると、屋敷神とはその家や土地を守護する神の総称らしい。

屋敷神を祀る風習は全国に分布しているらしく、その地方によってもさまざまなようだ。

――けど、普通は空き家になったら家を売っちゃうよね?

その際、祀ってある神も神社で魂抜きしてもらうか、そのまま次の所有者が引き継ぐかは、ケースバイケースのようだが。

安くない給料を払い、管理人を雇ってまで、無人の家の屋敷神を祀り続けるのは、なにか理由でもあるのだろうか？

まぁ、とにかく自分の仕事は屋敷神と猫のモナカのお世話、それに屋敷の清掃と管理がメインなので、お給料をいただく分はきちんと仕事をせねば。

こうして芽郁は、胸を弾ませながら新生活をスタートさせたのだった。

引っ越してきて数日は、屋敷の間取りの把握、それに仕事のルーティーンに慣れるまで手間取ったりで、まさにあっという間に過ぎていった。

動きやすいように長いストレートの髪をくるりとお団子にまとめ、エプロンをつけた芽郁はワクワクしながら庭へ出る。

藤ヶ谷邸の裏庭には立派な柿の木が何本も生えていて、たわわに実がなっている。

柿を取ってもいいかと蒼一郎に浜中から確認してもらうと、好きにしていいとの返事だったので、遠慮なく物干し竿を使って柿を落とした。

最初はなかなかうまくいかなかったものの、次第にコツを掴んでうまくなってくる。

「少し待っててくださいね。おいしいもの作りますから」

祠に向かって、そう話しかける。

自分の仕事は屋敷神のお世話なので、反応がないのは承知だったが、あれこれ声をかけた方がいいのかなと思ったのだ。

それに芽郁も一人きりなので、話し相手が欲しかったのかもしれない。

むろん、モナカにもたくさん話しかけているが、大抵はつれなくスルーされる。

最初は意味ありげに芽郁を誘ったくせに、基本塩対応のモナカなのである。

「ふぅ、こんなもんかな?」

お次は、取った柿を庭の水場でよく洗い、縁側に腰かけて皮を剝き始める。

十月の初めは、縁側で作業するにはちょうどいい気候だ。

一心不乱に包丁で皮を剝き、途中休憩と称してお茶を煎れる。

縁側でのんびりお茶を飲むのも、芽郁の夢だったのだ。

深呼吸してみると、敷地内には木が多いので緑の匂いがするのも心地いい。

――はぁ……しあわせ……。

終わりが見えないリテイクの嵐、過重労働の日々から解放され、しみじみとしあわせを嚙み締める。

ふと空を見上げると、抜けるほどの秋晴れが広がっている。

ああ、空など見上げたのはいつ以来だろう？

毎日時間に追われ、一分一秒を焦って暮らす生活は、空を一瞬見上げる心の余裕すらなかった気がする。

これは、十年頑張ったご褒美なのだと思うことにしよう。

しばし与えられた、人生の休暇。

仮採用から本採用になるかは不明だが、賽は投げられた。

憧れの古民家ライフ。

誰に気を遣うこともない、邪魔されることもない気楽で自由なおひとりさま生活。

なんて素敵なんだろう……！

芽郁は思う存分、この束の間の休暇を楽しむことにした。

一心不乱に柿の皮を剝いていると、ややあってモナカが縁側へやってくる。

「あ、モナカさん」

するとモナカは、いかにも芽郁が邪魔だと威嚇するように牙を剝き、にゃあ、と鳴いた。

どうやら芽郁が座っていた場所は、モナカがいつも日向ぼっこをする場所だったようで、慌てて脇へずれる。

「失礼しました。どうぞ」

わかればいい、と言いたげに、モナカは悠然と空けてもらった場所に丸まり、心地よさそうに目を閉じた。

浜中によればモナカはメスで、避妊手術済みだそうな。

芽郁としては猫好きなので構いたくてしかたなかったが、モナカはツンデレ姐さん故にとりつくしまがないのだ。

なにせ自分は新参者なので、古参のモナカの言うことは聞いておくものだ。

「えっと、次はどうするんだっけ?」

約三十個ほどの柿を剝き終えた芽郁は、スマホで干し柿の作り方を検索する。

そう、芽郁の憧れの一つが、縁側で自家製干し柿を作り、それを食べることなのだ。

初めてのことなので、失敗しないようになるべく簡単な作り方を参考にする。

綺麗に皮を剝き、重ならないように紐で吊した柿を、縁側の軒先にぶら下げる。

後は様子を見ながら、約二〜三週間干せば完成らしい。

芽郁はワクワクしながら、干し柿が出来上がるのを楽しみに待つことにした。

初めの数日はまだ実も固く、色は黄褐色だ。

毎日、吊した干し柿の状態を眺めるのが楽しみになった。

そのうち、新しい環境にもじょじょに慣れてきた芽郁である。

母屋は掃除の時にしか入らないようにしているが、離れとはまた趣が違い、こちらはかなり昔ながらの和風建築だ。

天井が高く、黒光りする立派な梁がみごとである。

障子と窓を少し開けるだけで、木造の家というのはこんなにも風通しがよいものなのだと初めて知った。

床の間にある、恐らく一本の大木をそのまま居間の大黒柱に使用しているそれを、丁寧に水拭きと乾拭きを繰り返す。

こういう貴重な材料を使ったものは数百万するものもあると聞いているので、傷つけないよう細心の注意を払った。

こうして母屋と離れの掃除に勤しみ、愛する屋敷をピカピカに磨き上げたりして、ふと気づくと、いよいよ念願の干し柿の完成だ。

満を持し、軒先から数個取ってきて、芽郁は台所でそっと包丁を入れた。

いい具合に半生状態に仕上がっている。

一口大に切り分け、一つ味見してみると、ちゃんと甘くておいしい。

市販の物と遜色ない出来映えに、芽郁は満足した。

干し柿はそのまま食べてもももちろん美味だが、今日は少しアレンジしてみたい。

芽郁は、冷蔵庫から出してしばらく常温に戻したクリームチーズを、一口大に切った干し柿と和えてみた。

ネットで見つけた簡単レシピ、干し柿のクリームチーズ和えである。

味見してみると、滑らかなクリームチーズの適度な塩気と酸味が、干し柿の甘さと絶妙にマッチしていて、思わず笑顔になった。

あまりに出来がよかったので、誰かに食べてほしくなるのが人情だが、あいにく誰もいないのがおひとりさま生活の数少ないデメリットだ。

もちろん、モナカにはあげられないし。

——そうだ！

本当にふとした思いつきで、芽郁はそれを小皿に取り分け、庭へ出た。

そして、屋敷神の前にお供えする。

「屋敷神様、干し柿がとってもおいしくできました。ちょっと変わってて食べ慣れないかもしれませんけど、よかったらお味見してください」

そう話しかけ、手を合わせる。

それから掃除をしたりバタバタしているうちに夕方になり、いつものようにお供えを下げに再び庭へ出ると……。

「……あれ？」

御神酒や生米などはいつものようにあるが、なぜか干し柿のクリームチーズ和えだけが綺麗になくなっていた。

すると、目の前をなにか生き物がすごい速さで横切ったので芽郁はびくりと反応する。

よく見ると、それは小さなリスだった。

鎌倉にはリスが生息していて、遊びに来ていた時もたまに見かけていたが、緑が多いせいか藤ヶ谷邸の庭にも出没するらしい。

リスはするすると柿の木に登り、枝の上から芽郁の様子を窺うように小首を傾げている。

「もしかして、お供え食べたのきみ？」

そう声をかけるが、リスは我関せずとばかりに瞬く間に姿を消してしまった。

――ん？　でもリスってクリームチーズなんか食べるの？

少々不思議に思いつつも、芽郁は忙しさにかまけて、すぐそのことを忘れてしまった。

自慢ではないが、芽郁は節約簡単レシピをネットで検索し、試してみるのが趣味だ。

材料費が高く、手間がかかっておいしいのは当たり前。

普段冷蔵庫にあるお手軽な食材で、いかに簡単においしいものを作るかに日々情熱を燃やしている。

会社員だった頃も多忙ではあったが、作れる日はできるだけ弁当を持参していた。外食続きだと濃い味に飽きてくるし、ダイエットにもよろしくないからだ。

会社勤めを辞めたので、思う存分レシピを試す時間もある。

そして、おいしくできるとお裾分けしたくなるのが人の常で、つい屋敷神にお供えしてしまう。

もっとも、人間の食べ物をリスが食べてしまうのはよくないからと、かわいそうだがすぐ下げることにした。

指定されたお供え以外のものをあげてはいけないとは言われていないので大丈夫だろうと、気の向くままに作った斬新な料理をお供えする。

ところが、なるべく早く皿を下げに行くと、小皿の中はもう空っぽだ。

周囲を見回してみても、リスはおろかほかの動物の姿もない。

いったいなぜ、お供えした料理がなくなるのか?

気になった芽郁は、それから毎日おにぎりやおかずをお供えしてみた。

物陰に隠れ、こっそり庭の様子を窺うが、人間はもちろんのこと、動物が祠に近づく様子もない。

ずっと目を離さないでいたつもりだが、数分後に行って確認してみると、もう皿にはなにもないのだ。

――――いったい、どういうこと？？

祠の前に茫然と佇んでいると。

チリン……チリン……。

どこかから、微かに澄んだ鈴の音が響いてきた。

誰か来たのだろうか、と振り返ると……。

「そなたが、お供えの料理を作った者か？」

ふいに可愛らしい声が下から聞こえてきて、芽郁は視線を落とす。

いつのまにやってきたのか、芽郁の背後に小さな男の子が立っていた。

四、五歳くらいだろうか？

さらさらの綺麗な黒髪をした、可愛らしい顔立ちの子だが、なぜか白い着物と袴姿だ。

「え、僕どこの子？　どうやってお庭に入ってきたの？」

てっきり近所の子が迷い込んできたのかと思ったのだが、それにしてはこの年齢で普段着が和服というのも奇妙な話だ。

すると、男の子はなぜか嬉しそうに頷いた。

「よしよし、わしの姿が見えておるな。わしは慈雨と呼ばれておった。以後、よろしゅう頼む」

「……は？」

いったいなにを言っているんだろう、と芽郁は首を傾げるしかない。

「干し柿は、わしの好物でな。今まで食したことがない斬新な味じゃったぞ」

「あ、もしかしてお供え食べてたのはきみなの？　駄目だよ、お外に置いておいたから、おなか壊しちゃうかもしれないし。ママはどこ？　慈雨くんって言ったっけ。おうちの場所わかるかな？」

しゃがんで目線を合わせ、そう話しかけると、慈雨と名乗った男の子は不服そうにぷぅっと頬を膨らませたが、そんな仕草も愛らしい。

とりあえず手を繋ごうとすると、スカっと空振りしてしまう。

「あれ？」

何度試しても同じで、どうしても男の子の身体に触れることができない。

「ふむ、信じてくれぬか。わしは神でもないが、普通の人間でもないのじゃが」

と、慈雨は見かけにそぐわぬ妙に老成した口調で言って、その小さな手で腕組みする。

すると。

「慈雨様、本当にこんなのほほんとした娘でよろしいんですか？」

背後から別の声が聞こえてきて、芽郁は慌てて振り返る。

見ると、いつのまにやってきたのか、そこにはモナカが座っていた。

当然ながら、ほかに人間は誰もいない。

「え？　え？」

慌てふためく芽郁を見て、モナカはため息をつく。

「はぁ、こんな落ち着きのない小娘をお気に召すなんて、慈雨様のお気が知れませんわ」

「え？　え？　今喋ったのってモナカさん⁉」

「まぁ、そう言うでない。芽郁の奇天烈な料理は美味かったぞ？」

と、慈雨と名乗った幼児がモナカを窘めている。

「あの、なんで猫が喋れて……⁇」

「だから、言うたであろう。わしはその祠に住まうもの。そなたの料理が気に入ったので、またあれを供えてくれぬか？　ほれ、あの干し柿のやつじゃ」

慈雨がそう言った時、ふいに庭先に強い風が吹き、小さな慈雨の身体はまるで風船のように風に流され、コロコロと空中を転がっていく。

「あ〜れ〜」

だが、慣れているのか、慈雨は楽しそうに風に流されるまま、縦横無尽に庭を転がって遊んでいる。

幼児は宙に浮かないし、風に流されたりもしない。

そこでようやく現実を受け入れた芽郁は、そのまま一目散に離れへと駆け戻り、後ろ手で玄関の鍵をかけた。

そしてスマホを取り出し、震える指先で緊急用の蒼一郎の番号にかける。

「もしもし⁉ えっと、その……祠の神様が突然現れて、干し柿がお好きで……とにかく大変なんです！ 今すぐ来てくださ〜い‼」

「で？」

相変わらず不機嫌そうな蒼一郎は、眉間の縦皺をいつにも増して際立たせながら離れの室内を見回す。

「人を東京からわざわざ呼びつけておいて、その屋敷神様とやらはどこにいるんだ？」

よほどご立腹なのか、もはや敬語を使ってもくれない。

「そこ！ そこにいるじゃないですかっ」

と、芽郁は空中を指差す。

あれから。

鍵をかけてもするりと室内に入ってきて、祠に帰ってくれないので、芽郁は取り急ぎご所望の干し柿のクリームチーズ和えを作って差し出した。

不思議なことに、触れられないから実体はないはずなのに、慈雨はいかにもおいしそうに上手に箸を使ってそれを平らげたのだ。

やはり、今までお供えしていたものを食べていたのは彼なのだろうか？

今は満足したのか、またコロコロと空中を転がって遊んでいるのだが、その姿はどうやら蒼一郎には見えないようだ。

「あ、なんですか？　その、頭がファンシーな人を見るような目はっ⁉　ホントにここに屋敷神様がいるんですってば！」

「そう言われても、俺にはきみしか見えないんだが」

と、押し問答を続けていると、そこへ音もなくモナカがやってきた。

「慈雨様はあんたの料理が気に入ったのよ。つべこべ言わずに、これからもお供えしてくれればいいの。レディたるもの、はしたなく騒ぐものではなくってよ。みっともない」

「す、すみません……」

「はぁ、まったく、なんであんたみたいなのがお気に召したのかしらね。慈雨様の趣味の悪さにも困ったものだわ」

「……そうナチュラルにディスられると、けっこう傷つくんですけど」

そこまで言って、はっと我に返り、蒼一郎を振り返る。

彼は『ついに猫とまで話し始めたか。ヤバそうなのを雇ってしまった』という表情丸出して芽郁を睥睨していた。

すると、そこでようやく慈雨が芽郁の許へふわりとやってくる。

「よい機会じゃ、蒼一郎に伝えてくれ。わしは長いことこの地を守護してきたが、人々の信心は薄れ、わしの存在を信じる者はほとんどいなくなった。わしは近いうちに力を失い、消滅するであろう」

「……え？」

予想外の重い展開に、芽郁は今まで怖がっていたことも忘れて慈雨を見上げる。

「消滅って、どうしてですか？」

「わしらのようなものはな、人間よりも長くこの世に留まることはできるが、永遠でもない。世の理故、その運命は受け入れるつもりでおるのじゃが、少々心残りがあってな」

慈雨の見た目が幼児になっているのは、どうやら力を失っているせいらしい。

それは、彼が消滅する時が近いという証拠なのだろうか……？

――そ、そんな重い事情を、初対面の私に打ち明けられても困るんですけどっ⁉

と、すっかり怖がりづらくなってしまった芽郁は困惑する。

「心残りというのは、それ、そこにおる蒼一郎じゃ。わしが長年守護してきたこの藤ヶ谷家の現当主が、見ての通り若いくせにどうにも偏屈でのう。なに、先々代の竜蔵もかなりの頑固者じゃったが、竜蔵はまだわしを祀る意志があった。ところがこやつは、目に見えぬものは非科学的だなんだと屁理屈を抜かしおって、わしの存在などはなから信じておらぬ。まったく不心得者じゃ」

「確かに。見るからにそういうタイプですもんね、蒼一郎さんって」

うっかり声に出して相槌を打ってしまうと、「俺がどうしたって？」と本人から声をかけられ、芽郁は首を竦める。

「あ、あのですね……慈雨様が伝えてくれとおっしゃってるので、伝えますね」

もう信じてくれなくてもいいや、と半ば投げやりになった芽郁は、今言われた通り蒼一郎に伝える。

すると、見る見る蒼一郎の顔色が変わった。

「確かに、うちの屋敷神は慈雨様という愛称で呼ばれていたらしいが……。祖父の名は仏間の位牌を見ればわかるが、なぜ祖父が慈雨様を祀ることに熱心だったことまで知っている？　俺の家のことを、探偵かなにか使って調べたのか？　契約違反な上に、プライバシーの侵害だぞ」

「だから！　私じゃないんですってば。慈雨様がそうおっしゃってるんです！」

まったく話が進まず、芽郁もキレかかるが。

「えっと、モナカさんが言うには、今まで慈雨様は自分の気に入らない管理人を、ちょっとこう、ポルターガイスト的な現象で追い出してたらしいです。で、私のことは気に入って本採用するようにって……え？　私ですか？　いや、慈雨様はそう言ってるんですけど、私的にはちょっと考え直したいっていうか、なんていうか……」

これも自作自演と思われてしまうだろうと覚悟していたが、芽郁がこの仕事に及び腰になっているのを察すると、蒼一郎の態度が一変した。

「そうか！　慈雨様はきみを気に入ったんだな？　なら都合がいい。このまま、ぜひ管理人としてここに住んでくれ」

「え……いやでも、最初の条件と話が違いますし」

「慈雨様はきみを気に入ったんだから、もうポルターガイストは起こさないだろう。なら、なんの問題もないじゃないか」

その言葉が引っかかり、芽郁はじっと蒼一郎を見つめた。

「……もしかして、知ってたんですか？　前の人たちがすぐ辞めた理由」

すると、図星を指されたのか、蒼一郎は視線を泳がせる。

「そ、そんなことは……っ。ただ、置いた物の配置が変わっていたり、夜中に話し声がするとか、勝手に電気が点いたり消えたりするとかいう報告を受けていたくらいだ」

渋々蒼一郎が白状したところによると、過去夫婦や子連れの家族が応募してきて管理人を務めていたらしいのだが、立て続けに奇妙な出来事が起きて皆怖がってすぐ辞めてしまったので、次は単身者で試してみるつもりだったらしい。

「やっぱり！　知ってて黙ってるなんてひどいじゃないですかっ」

そう抗議すると、蒼一郎は切り札を使って強引に話題を変えてきた。

「きみが管理人の仕事を正式に受けてくれるなら、今までの条件に特別ボーナスもつけよう！　さらに日給プラス十パーセントアップでどうだ⁉」

「そんな、人がそう簡単にお金で動くと思ったら大間違いで……え、そんなに……？」

蒼一郎がすかさずスマホで総額を計算した数字を見せてきて、芽郁は沈黙する。

このオサムイ有効求人倍率の昨今、こんな好条件の仕事には滅多にありつけないだろう。

だが、果たして自分に神様のお世話係など務まるのだろうか？

「でも私、霊感とかぜんぜんないし……」

実はけっこう怖がりなんです、と小声で続ける。

すると、焦れたように今度はモナカが舌打ちした。

「あんたの事情とか、どうでもいいのよ。いいこと？　慈雨様はお力を失いかけてらっしゃるの。でもあんたの料理で少しだけ力を取り戻せたのよ。なにが原因かはわからないけど、試してみる価値はあるってもんだわ。引き受けなさい、小娘！　でなけりゃアタシが化け猫になって、末代まで祟るわよ⁉」

「そ、そんなに凄まないでくださいよ、モナカさんっ」

モナカの剣幕に圧され、芽郁はちらりと慈雨を見る。

引き受けてくれるじゃろ？　と言いたげににこにことこちらを見つめる慈雨に、芽郁はため息をついた。

「はぁ……わかりました。ポルターガイストを起こさない、私を怖がらせないでくれるなら……管理人続けてみます……」

「本当か？　嬉しいぞ、芽郁」

そこで腹を決め、芽郁は蒼一郎を振り返る。

「とりあえずはこのまま様子を見ますけど……もう無理だと思ったら、いつでも辞めさせてもらうってことでいいですか？」

「もちろんだ、きみのいいようにしてくれ」

「それと、慈雨様の伝言は本当なんで、ちゃんと聞いてくださいね？」

「聞いてる聞いてる」

と、蒼一郎はまったく心のこもらない相槌を打ってくる。

――ぜんぜん信じてないじゃん！

蒼一郎はどうあっても芽郁に慈雨の世話係を押しつけたいらしく、そのためなら信じていないものを信じている体(てい)を貫くことにしたようだ。

かなぁ……。

——うぅっ、慈雨様への同情とお金の力に屈してしまったけど、ホントによかったの

落ち着いて考えてみると、神様のお食事係なんて大変なことを引き受けてしまった気がする。

「あの、慈雨様。私、料理そんな得意じゃなくて。超簡単手抜きレシピとかばっかで、とても神様にお出しできるようなレベルじゃないんです。ほら、こないだだって干し柿とクリームチーズ和えただけだし！」

正直にそう申告するが、慈雨はまったく意に介する様子もない。

「わしは神ではないと言うたであろう。そう崇め奉らずともよい。そなたの料理を食すると、なぜか力が湧いてくるのじゃ。食べたこともない、ハイカラな料理だからかのう」

と、慈雨は少し遠い目をする。

「今まで、祭り以外に手作りの料理を供えてくれた者はいなかった。竜蔵はわしの気配を少しは感じておったようじゃが、それでもわしの望みは伝わらなんだ」

「竜蔵さんって、蒼一郎さんのお祖父様ですね」

母屋の仏間に歴代当主の遺影が飾ってあるが、蒼一郎に面差しが少し似ている、頑固そうな年配の男性だった。

慈雨の思い出話から察するに、相当な変人だったようだ。

こうして、どうなることかと最初は怖々慈雨に接していた芽郁だったが。

人間というものは、慣れる生き物だ。

端的に言ってしまえば、たった数日で芽郁は慈雨と、喋るモナカがいる環境に慣れてしまった。

「慈雨様、お茶煎れたんで、いかがですか？」

縁側にお茶の仕度をして、裏庭に向かって声をかけると、いつもの鈴の音が聞こえてきて。

ふと気づくと、用意した座布団の上に慈雨がちょこんと座っている。

「今日はくるみ干し柿を作ってみたんですけど」

と、芽郁はお茶請けに用意した皿を差し出す。

「おお、美味そうじゃな」

干し柿を真ん中から縦に包丁で切り、中に皮を剝いた胡桃（くるみ）を詰めた簡単レシピだ。

食べてみると、ねっとりとした干し柿の中に歯触りのいい胡桃の食感がアクセントになっている。

なにか慈雨が喜びそうなものはないかと、ネットであれこれ検索し、なるべく素朴で彼が親しみのありそうな食材を選んで作ってみたものだったが、慈雨は喜んで食べてくれた。

慈雨の大好物の干し柿は、毎日お茶請けに出しているので、あっという間になくなりそうだ。

その傍らでは、モナカがのんびりと日向ぼっこをしている。

なんて平和な風景なんだろう。

「素敵なお庭ですねぇ……」

月に一度、専属の庭師が手入れしてくれるらしい日本庭園を眺めながらお茶を飲むのが、芽郁の至福の時間だ。

しかし住み込みの管理人を雇える財力といい、この屋敷の豪華さといい、藤ヶ谷家というのは相当なお金持ちなのだなと思う。

慈雨が教えてくれたところによれば、代々藤ヶ谷家はこの鎌倉でもかなりの土地と、そこに建てたマンション、アパートなどを何棟も所有しているので、いわゆる不労所得があるらしい。

それらは竜蔵が管理していたのだが、彼が亡くなった今、遺産分けで一部の不動産会社を蒼一郎の叔父が引き継ぎ、蒼一郎は残りの賃貸収入を得られる立場となったのだが、彼は大手企業で普通に働き、弁護士の浜中にそれらの管理を丸投げして自身はノータッチなのだという。

——こ、こんなよそのお宅の内情を、勝手に聞いちゃっていいのかな?

そう思いつつ、誰にも漏らさないようにしようと考える。

こんなことを知っているとバレたら、また蒼一郎に探偵を雇ったと疑われてしまう。

「芽郁が来てくれて、わしは嬉しいぞ」

その言葉通り、慈雨は本当に芽郁を歓迎してくれているらしく、あれこれいろいろな話を聞かせてくれる。

彼が語る鎌倉の今昔は、昔話を聞いているようで面白かった。

「そうだ、モナカさんと慈雨様は、いつからのお付き合いなんですか？」

そう話しかけると、縁側の廊下の上で寝そべっていたモナカはふん、と前足の上に顎を乗せる。

「慈雨様は、捨て猫だったアタシをここに導いてくださったの。竜蔵は頑固で偏屈で、家族も寄りつかない変人だったけど、アタシには優しかったわ。それに関しては感謝してる。だからアタシは、慈雨様に恩返ししなきゃいけないのよ。あんたのことはアタシがビシビシ教育するから、覚悟しておきなさい」

「は、はい……至らぬ点はご指導くださいね」

と、芽郁はモナカにぺこりと頭を下げる。

郷に入っては郷に従え。

先住のモナカには、敬意を払わなければ。

「ふふん、なかなか殊勝な心がけじゃないの」

一番日当たりのよい場所で温々しているモナカを見つめ、芽郁は我慢できずに声をかける。

「モナカさん、あの……ちょっとだけ吸わせていただいてもいいでしょうか？」

今、匂いを嗅いだら、きっとお日様のいい匂いがする。

期待に満ちた眼差しでじっと見つめると、モナカは「しょうがないわね、ちょっとだけよ」と許可をくれた。

「ありがとうございます。では、失礼して」

芽郁は嬉々として、寝そべったモナカの背に顔を埋め、すぅはぁと思う存分猫を吸う。

想像通り、モナカの背中からはお日様の匂いがした。

「もういいでしょ？　放しなさいよ」

「あとちょっとだけっ」

モナカにいやがられていると、小さな両手で湯飲みを持った慈雨が微笑む。

「芽郁は、なんでも日常を楽しんでおるのう」

「そう見えますか？　今まではブラックな職場だったので、朝早く出て、帰りは夜遅くて。本当に、毎日時間も心の余裕もなかったんです。今は、久しぶりに深呼吸できるようになった気がします」

芽郁にとって、今は人生の休暇中のようなものだ。

この管理人の仕事もいつまで雇ってもらえるか不明だし、フリーのデザイナーとしてやっていくには、この先も苦労の連続だろう。

なので、一目惚れしたこのお屋敷での暮らしを、一分一秒でも長く堪能し、楽しむことにしたのだ。

「芽郁はなぜ前の職場を辞めたのじゃ？」

「それは……お恥ずかしい話なんですけど、私は逃げたんです」

芽郁は、自分が信頼していた上司に裏切られ、退職するに至った経緯をかいつまんで説明する。

努めて考えないようにしてきたが、やはり今でも自分が困難から逃げ出してしまったことで、拭い切れない罪悪感の澱(おり)のようなものが心の底に沈殿している。

それはふとした拍子に掻(か)き回され、あちこち刺激してチクチクと痛み出すのだ。

「母にも、おまえは昔から我慢が足りないってお説教されました。そうですよね。いやなことがあったからって、すぐ会社辞めてたらキリがないですよね……」

「今はそう思うやもしれぬが、それが正解かどうかは誰にもわからぬ。時が経ち、あの時辞めた判断は正しかったのだと思う日が来るやもしれぬ。吉凶はあざなえる縄のごとしと言うじゃろう？」

「慈雨様……」

「そなたはまだ若く、人生の道半ばじゃ。失敗を恐れて行動せぬより、少々遠回りだとしても思うままに動いてみるがよい。やる後悔よりも、やらぬ後悔の方がつらい。なにごともよい経験じゃ」

「そう言っていただけると、救われます」

少し温くなったお茶を一口含み、芽郁は微笑む。

「逃げたとは思うけど、後悔はしてません。だって会社を辞めなかったら、こうして慈雨様にも会えなかったんですから」

「そうそう、その意気じゃ」

「芽郁、もうちょっとだけなら吸ってもいいわよ?」

「ありがとうございます、モナカさん」

聞いていないようでいて、聞き耳を立てていて同情したのか、モナカがそう言ってくれたので、芽郁は喜んでまた吸わせてもらう。

そうしていると、モナカが慈雨に聞こえないように声のトーンを落として芽郁に囁く。

「あんたはとにかく、慈雨様がお喜びになるものを作りなさい。慈雨様は……お寂しいのだから」

――寂しい?　慈雨様が……?

たまに姿を現すと、いつも楽しそうに見えるが、彼は寂しいのだろうか？

確かに、何百年もあの祠に住まい、最近では手を合わせてくれる人もほとんどいなくなって、神様でも寂しいと感じるのかもしれない。

――でも慈雨様、自分は神様じゃないって何回も言ってるしなぁ。

神でないなら、いったいどんな存在なのだろうかと気になって、ストレートに尋ねてみたのだが。

「それがのう、長く生きすぎたせいか、最近は記憶が曖昧になっていて、自分が何者だったのか、とんと思い出せぬのじゃ」

あまりに長くこの世に留まったせいか、昔のことが思い出せなくなっているのだという。

「消滅する前に、なんぞ心残りというか……やりたいことがあったはずなのじゃが」

「そうなんですか……思い出せるといいですね」

屋敷神が最期に叶えたい願いとは、いったいなんなのだろう？

慈雨のためにできることなら手助けしたかったが、果たしてただの人間の自分になにができるのだろうか……？

「あの、こないだ慈雨様が消滅するっておっしゃってましたけど、なぜなんですか？　なにか理由があるんですか……？」

思い切ってそう聞いてみると、慈雨は茶を啜った後答えてくれる。

「わしらのような存在はの、人間の信心によってこの世に留まることができるのじゃ。それ故、人々に忘れ去られてしまえば、もう存在を維持することはできぬということよ」

慈雨によれば、古来日本の闇には数多の妖怪や八百万(やおよろず)の神が存在していたが、現代ではそれを信じる人々が減ったため、存在が難しくなっているのだという。

今まで藤ケ谷家で屋敷神を守ってきた、最後の一人、竜蔵が亡くなって、慈雨の存在が揺らぎ始めたということなのだろうか？

「そんな……なんとかして、それを防ぐ方法はないんですか？」

「気持ちは嬉しいが、これも世の常じゃ。わしはその運命を受け入れておるし、この世に永遠のものなど、ないんじゃよ、芽郁」

優しく宥められたが、納得がいかない。

消滅するとわかっていても、なにもしないなんて感情的にできない。

凡人の自分には解決策など皆目見当もつかないが、すっかり慈雨に同情している芽郁は、少しでも彼の力になりたかった。

それに自分の仕事は慈雨のお世話係なのだから、お給料分はきちんと働かねばという思いもあった。

「そしたら、これからは毎日お供えじゃなくて、夕飯だけでも私と一緒に召し上がりませんか？　できたてのご飯を食べたら、もっと力がつくかもしれませんし」

「なに？　よいのか？」

「はい、私も一人ですし。あ、でも神様と一緒にお食事するなんて、畏れ多いですかね」

「何度も言うたであろう。わしは神などではない。とはいえ、ではなんであったのかも思い出せぬのじゃが」

と、慈雨は少し寂しそうな顔をしたが、すぐ気を取り直したようににっこりする。

「芽郁はよい子じゃな。さぞよい嫁御になるであろう」

「あ～……いや、私は今は結婚は考えてなくて。当分はおひとりさま生活を満喫するつもりです」

「おひとりさま？」

どうやら慈雨の生きた時代にはない言葉らしいので、芽郁は最近の日本では非婚化、少子化が進み、結婚しない若者が増えているのだと説明した。

「最近は、私みたいに恋愛がなんか面倒っていうか、あんまり興味ない人たちが増えてるみたいです」

ほかにも低賃金で結婚が難しい若者層が増えたことなど、諸々の事情もつけ加える。

「なんと！　いつのまにやらそんな世になっておったのか。どうりで蒼一郎も暢気に構えておるわけじゃ」

「あ～……蒼一郎さんも、典型的なおひとりさま思考そうですもんね」

「そうなのじゃ。わしが消滅する前に、せめて蒼一郎の嫁御だけは見つけてやりたいのじゃが」

そこまで言って、慈雨はじっと芽郁を見つめる。

「な、なんですか？」

「そなた、蒼一郎の嫁御にならぬか？」

「は？　私？」

いきなりなにを言い出すのか、と芽郁は目を丸くした。

「いやいや、無理ですよ！　ってか、蒼一郎さんが絶対いやがると思いますよ？　私のこと、ちょっとアレな人だと思ってるみたいだし」

とんでもない、と両手を横に振る。

「芽郁はよい子じゃ。わしが言うのだから間違いない。どれ、そうと決まれば、善は急げじゃ。芽郁の料理のおかげで、そなたたちの縁結びをしてやる時間くらいは稼げよう」

「え、いや、そのお気持ちは嬉しいんですけど、私、本当に結婚する気は今のところなくてですね……」

慈雨の厚意をなんとか婉曲（えんきょく）に断れないかと苦心しているうちに、一人自分の思いつきにご満悦の慈雨はあっさりと消えてしまった。

「え……まさか……ね？」

縁結びといっても、あの頑固そうな蒼一郎の気持ちを変えられるはずはないだろうし、放っておいても大丈夫だとは思ったのだが。

芽郁は念のため、スマホを取り出す。

蒼一郎に、慈雨が消える前の最期の善行として自分と蒼一郎を結婚させようとしている旨をメールで説明しようとするが、またおかしいことを言い出したと思われないように、さんざん苦労してなんとか書き上げる。

一仕事終えた気分で送信すると、しばらくして返信があった。

『ご報告ありがとうございます。引き続き管理人業務をよろしくお願いします』

「……もう！　やっぱりぜんぜん信じてないじゃん！」

完全スルーされ、芽郁はむくれた。

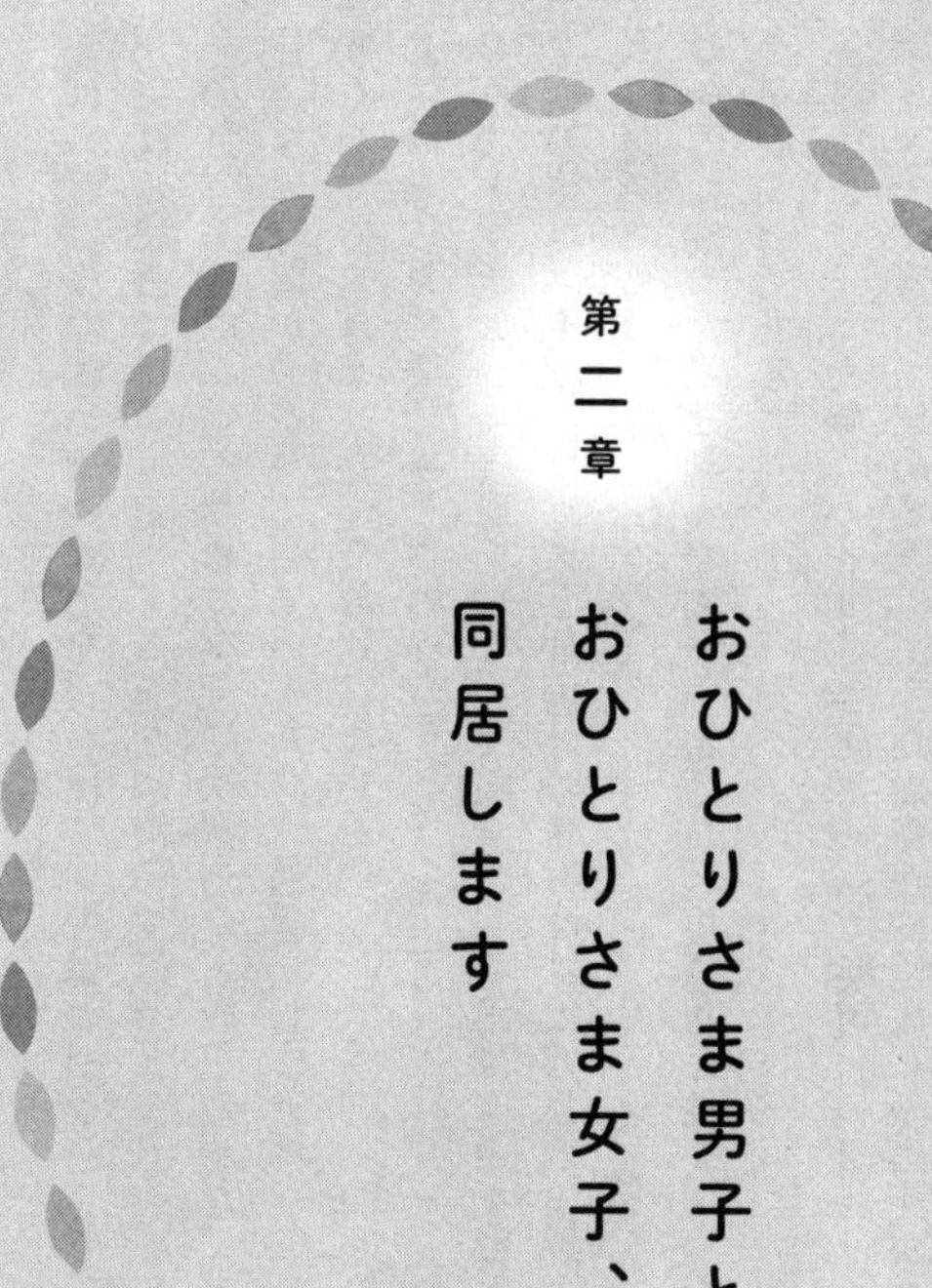

第二章

おひとりさま男子とおひとりさま女子、同居します

しばらくはまた縁結びのことを言い出すのではとハラハラして過ごした芽郁だったが、予想に反し慈雨はなにも言ってこなかったのでほっとする。

その日、芽郁は慈雨のために夕飯に炊き込みご飯を作った。

仕込みに時間がかかってしまい、八時を過ぎてしまう。

「遅くなってすみません。ご飯炊けましたよ」

「よい香りじゃ。楽しみじゃのう」

離れのキッチンから居間をひょいと覗くと、慈雨は空中を転がりながら遊んでいる。

今夜のメニューは、ワカメと油揚げの味噌汁に太刀魚の塩焼き、それに塩昆布とツナ缶の炊き込みご飯だ。

炊飯器に洗った米と刻んだ人参、しめじ、塩昆布と油を切ったツナ缶を入れて炊くだけの簡単レシピである。

お茶碗によそった後、バターを少し乗せるのがポイントらしい。

ネットで検索して初めて作ってみたのだが、塩昆布の出汁がよく出ていて、バターの濃厚さも相まって想像以上においしかった。

慈雨はたくさんは食べられないので、小皿によそってやり、太刀魚も食べやすいように骨を取って身をほぐしておいた。

「美味しいのう。このような炊き込みご飯は食べたことがない」

「気に入っていただけてよかったです」

慈雨は満足したようなので、食後のお茶を煎れてやる。

と、そこへ荒々しく離れの玄関の引き戸が開く音がしたので、芽郁は驚きで飛び上がりかけた。

「だ、誰⁉」

呼び鈴も押さず上がってこられるというのは、当然鍵を持っているわけで、そんな人物は一人しかいない。

「いったい、なにをした⁉」

果たして、ツカツカと離れに乗り込んできたのは、蒼一郎だった。

その形相は怒りに震えている。

「え、蒼一郎さん？　どうしたんですか？」

「どうもこうもない！　そばに、慈雨様はいるのか？」

「は、はい、こちらに……今ちょうど夕ご飯を食べ終えたところで」

と、座卓に座っていた芽郁は、自分の向かいの席を指し示す。

蒼一郎は、そこに置かれていたいくつもの小皿が綺麗に空になっているのを見て、眉間に皺を寄せた。

「……本当の、本当にきみには見えているんだな？」

「いきなり、なんなんですか、もう」

怒り心頭の蒼一郎の説明によると、こうだ。

今日いつものように出勤した彼の許に、大家から緊急の電話が入った。

なんと、マンションの水道管が破裂し、蒼一郎の部屋が被害に遭ったというのだ。

急いで会社を早退し、駆けつけてみると室内は水浸しで、家具も家電もほとんど使い物にならなくなっていて、思わずその場にへたり込みそうになったという。

「工事が終わるまではここには住めないと言われて、とりあえず多少片づけて、無事だった着替えや日用品を出張用キャリーケースに詰め、ビジネスホテルを予約しようとした。だが、どうしてもできないんだ……！」

ネット予約しようとしても、なぜかエラー連発。

クレジットカードの決済もできない。

それなら、と直接近くのホテルを何軒も足で回ってみたが、信じられないことに、どこも満室だと断られた。

カード会社に連絡しても、特に不備がなく、なぜ決済できないのか原因不明だと匙を投げられる。

銀行のカードで現金を下ろそうとしても、こちらもエラーで引き出せない。

蒼一郎は平素から現金派で、電子マネーも使わないので、アプリ登録していなかったらしい。

ちょうど財布の中の現金も乏しく、下ろそうと思っていたところだったので、昼食もコンビニのおにぎりとカップ麺になったようだ。

「とにかく……！　やれることはすべてやった！　だがホテルは取れないし、夕飯も食べられないしでここへ来るしかなかった。もう呪われてるとしか思えないっ！」

「それで、私が言ってたことをようやく信じる気になったわけですね」

「……慈雨様が、本当に実在するなら、なぜこんなことをするのか聞いてくれっ、いったい俺がなにをした⁉」

激しく憤る蒼一郎に、芽郁は実に言いにくいことを通訳せねばならなくなる。

「えっと……慈雨様のおっしゃってること、そのままお伝えしますね。『蒼一郎、そなたはまだ若いくせに妙に偏屈でいかん。そういうところは竜蔵にそっくりじゃ』こ、これ私が言ってるんじゃないですからね⁉　で……『少々荒療治ではあるが、こうでもせねばそなたはこの屋敷に戻らぬからのう。今日からここで芽郁と暮らし、互いをよく知り合うとよい。わしがそなたたちの縁結びをしてやろう』……いや、慈雨様、それは私にとってもありがた迷惑というか、なんと言うか……」

「なんだって⁉　そんなふざけた話があるか！　馬鹿馬鹿しい、俺はホテルに泊まる！　妨害行為をやめるように頼んでくれ」

「え～っと、言いたいことだけ言って、消えちゃいました」

申し訳なさそうな芽郁の返事に、蒼一郎は仁王立ちのまま唸(うな)っている。

「だから忠告したじゃないですか。人の言うこと、真剣に聞かないから」

「うるさいっ、俺は神だの超常現象だのは一切信じないぞ！　帰る！」

憤然と廊下へ向かう蒼一郎を、芽郁はとりあえず離れの玄関まで見送った。

が、彼がガラリと玄関の引き戸を開け、外へ出て数歩歩き出すとほぼ同時に、バケツをひっくり返したような大雨が降ってきた。

「……」

あっという間にずぶ濡(ぬ)れでフリーズする蒼一郎を前に、芽郁はスマホでネット情報を検索する。

「都内、大雨で電車止まってるみたいですよ。今日のところは、あきらめたらどうですか？」

「……」

やむなく母屋の風呂でシャワーを浴び、スーツから部屋着に着替えた蒼一郎が、タオルで髪を拭きながら離れへと戻ってくる。

「あの、よかったら炊き込みご飯食べます？　お昼もあまり食べられなかったんですよね？」

「……いいのか？」

　虚勢を張って断られるかと思ったが、よほど空腹だったのだろう。

　蒼一郎が素直に頷いたので、芽郁は急いで味噌汁を温め直し、炊き込みご飯を大盛りによそってやる。

　明日の朝ご飯に、おにぎりにしようと多めに炊いておいてよかったと思った。

「……いただきます」

　意外にも礼儀正しく挨拶し、蒼一郎が息もつかぬ勢いで炊き込みご飯を頬張っている。

「……美味いな、これ」

「でしょう？　すっごく簡単なんですよ」

　見ていて気持ちのいい食べっぷりだったので、芽郁はなんだか嬉しくなってきた。

　自分の作った料理を、おいしいと食べてもらえるのはいいものだなと思う。

　あっという間に一杯目を空にしたので、遠慮する蒼一郎に二杯目をよそってやる。

「や、私もちょっとは責任感じてるんです。慈雨様に毎日ご飯差し上げてたら、少しお力を取り戻せたみたいで、そのせいで慈雨様、最期の善行だって張り切り出しちゃったんで」

「そうだ。きみにも責任の一端はある」

そこは大人として、そんなことはないという返事が様式美なんだけどな、と芽郁は思う。が、蒼一郎にそんな社交辞令を期待するだけ無駄かなと達観し、茶のお代わりを煎れてやった。

「美味かった。おかげで生き返ったよ。ご馳走さまでした」

蒼一郎がきちんと礼を言ってきたので、少しびっくりした。

頑固で融通が利かないところがあるが、やっぱりいいところのお坊ちゃんなのか、どこか育ちのよさを感じさせる。

「いえ、それよりどうするんですか？　これから」

「きみから慈雨様に考え直すよう説得してほしいが……この様子では無理そうだな」

「ええ、何度もそういうつもりはないって説明したんですけど、聞いてくださらなくて」

「なんで当人たちの意志は無視なんだ……？」

と、ため息をついた蒼一郎ははたと膝を打った。

「そうだ！　慈雨様は確かきみの手料理をお供えされて、それを食べてきみに見えるようになったんだったな？」

「は、はい、そうですけど」

「なら、俺も料理を作って慈雨様に召し上がってもらえれば、直談判できるということになる。そうだろう？」

「た、確かに理屈ではそうなりますね……」

蒼一郎の話では、今まで雇った管理人でも藤ヶ谷家の人間でも、決められた作法以外でお供え物をする者はいなかったらしい。

おいしくできたものをお供えするって、そんなにめずらしいことなのかなぁ、と芽郁は不思議に思う。

「よし、そうと決まれば明日の夕飯は俺が作ろう」

「え、蒼一郎さん、お料理できるんですか？」

「十八歳から一人暮らしだ。それなりにはな」

「あ、でも慈雨様、今はお供えじゃなくて夕飯は私と一緒に召し上がってるんです。なので、蒼一郎さんがお料理作ってくれたら、一緒に食べたがると思うんですけど」

きっと面倒がるだろうなと思いつつ進言すると、案の定蒼一郎は露骨に眉をひそめた。

「なぜ、俺がきみたちと一緒に食事をしなきゃいけないんだ？　きみは、まったく余計なことをしてくれるな」

「す、すみません……」

「まぁ、いい。わかった。明日は早く戻るから夕飯は俺に任せてくれ。それで慈雨様と直接やりとりできるようになったら、俺は東京へ戻る。すまんが、今晩は母屋に泊まらせてくれ」

言いながら、蒼一郎は左手に嵌めていた腕時計を外し、芽郁に差し出した。

「持ち合わせがないので、これを宿代と今の食事代の代わりにしてくれ」

見ると、それは高級ブランドの、恐らく百万近くはする代物だったので芽郁は慌てて首を横に振る。

「これ、めっちゃ高いやつじゃないですか。受け取れませんよ。第一、ここは蒼一郎さんのおうちなんだから、私に宿代なんか払う筋合いないでしょう？」

「俺は他人に借りを作るのが嫌いなんだ。一応断っておくが、母屋とここは廊下で繫がっているが、きみの身の安全は保証する。きみはそういう対象外だから安心してくれ」

妙に自信に満ちた表情で言われ、夜這いされても困るものの、その言い方にカチンときてしまうのが複雑な乙女心だ。

「そうですか、お気遣いありがとうございますっ！」

「？　なにを怒っているんだ？」

「蒼一郎さんって、ホントにデリカシーないですよね」

こうして、母屋に泊まった蒼一郎は、翌朝芽郁にランチ代のほかに食材費五千円を借り（これも、慈雨からそれ以上は貸すなと釘を刺された）、慌ただしく都内へと出勤していった。

「慈雨様、蒼一郎さんにこんな荒療治しちゃってホントにいいんですか？」

「こうでもせんと、あやつは一生独り身確定じゃからのう。しかしこんなにすぐ、わしに料理を作る気になるとは思わなんだ。楽しみじゃのう」

と、慈雨は嬉しそうだ。

蒼一郎は頑固ではあるが、決して愚かではない。

彼なりに、もっとも無駄な労力を使わず問題解決するには、慈雨と直接やりとりするのが最短ルートだと察したのだろう。

そして、夕方七時を過ぎた頃、蒼一郎は大量の食材が入ったスーパーの袋を提げ、意気揚々と帰宅した。

「手伝いましょうか？」

「いや、大丈夫だ」

彼は母屋から大型の食器などを運び込み、自信満々で離れのキッチンに籠城する。

果たしてどうなることかと芽郁は固唾を吞んで見守っていたが、意外にも彼は小一時間ほどで次々居間の座卓に料理を運んできた。

料理はできると豪語していただけのことはあって、手際はいいようだ。

芽郁も運ぶのを手伝い、できたての料理が並ぶ。

「とりあえず俺の得意料理を作ってみた。アクアパッツァと海老とアボカドのサラダ、それにほうれん草とベーコンのクリームパスタだ」

「わぁ、すごい！　おいしそうですね」

フライパンのまま出されたアクアパッツァは、中央にどんと小さめの真鯛が鎮座し、まるでイタリアンの店でそのまま出せそうなくらい豪華な見栄えだ。

プチトマトやパプリカなどの野菜がカラフルで、ムール貝やアサリもゴロゴロ入っている。

サラダもちゃんと木製のボウルによそわれ、大ぶりの海老とブロッコリー、レタス、アボカドなどが具材で、ドレッシングも彼の手作りらしい。

ほうれん草とベーコンのクリームパスタは、料理が引き立つように黒の皿によそわれていて、その見た目だけでかなり食欲をそそった。

さすが旧家だけあって、食器もいいものが揃っている。

「写真撮ってもいいですか？　慈雨様が召し上がったお料理の記録をつけてるので」

「意外にマメなんだな、きみは」

芽郁のスマホのカメラロールには、毎日慈雨に出した料理の写真画像が保存されているのだ。

蒼一郎の料理は自分のものより数段写真映えするので、つい念入りに撮影してしまう。

「冷めないうちに食べてくれ」

蒼一郎が器用に真鯛の骨を取り除いて身を取り分け、めいめいによそってくれた。

「慈雨様、夕飯のご用意ができましたよ」

慈雨の分も小皿によそい、いつもの彼の席の前に並べ、そう声をかける。

すると。

「ほう、蒼一郎の料理も美味そうじゃのう」

鈴の音が聞こえると同時に、慈雨がちょこんと席に着いた。

「慈雨様、いらっしゃいましたよ」

「そうか」

「では、いただきます！」

芽郁が元気よく音頭を取り、手を合わせて挨拶する。

「うわ、アクアパッツア、すっごく魚介の出汁が出てますね。コクがあって、めっちゃおいしい……！」

「そ、そうか？　これはよく行くイタリアンのシェフに教えてもらったんだ。家庭でも簡単にできるようアレンジしてある」

「へぇ、すごいですね」

サラダのレタスも、ちゃんと氷水につけたのかシャキシャキした歯ごたえだし、手作りドレッシングはホワイトワインビネガーとエキストラヴァージンオイル、それに塩胡椒のバランスが絶妙だ。

パスタもみごとなアルデンテに仕上がっていて、蒼一郎が料理には細かい気配りをしているのがわかる。

頭の回転がよさそうな人なので、なんでもそつなくこなせるのかもしれない。

芽郁に手放しで褒められ、満更でもないのか、蒼一郎が上機嫌であれこれ料理のコツを伝授してくれるので、参考に素早くメモを取らせてもらった。

普段から思いついたアイディアなどを書き留めたりするのに、芽郁は常に小型のデザイン帳を持ち歩いているのだ。

そうこうするうちに、慈雨の小皿が空になったのを確認し、蒼一郎が身を乗り出してくる。

「慈雨様は食べ終えたんだな？　なんて言ってる？」

「えっと、『物珍しいものばかりだけど、おいしい』っておっしゃってます」

「よし！」

と、蒼一郎はガッツポーズで喜んでいる。

「だが、どうなってる？　俺にはまだ見えないぞ？」

そわそわと落ち着かない彼に、芽郁は実に言いにくいことを告げねばならなかった。

「あの……それがですね。『たった一度料理を振る舞ったくらいでわしに会おうというのは、少々都合がよすぎるのではないか？　最低でも一週間続けるなら、わしの気も変わるやもしれぬが』、だそうです……」

「なんだと⁉」

「私に当たらないでくださいよ～もう」

「くそっ……なら一週間、ここで暮らさないといけないってことか」

忌々しげに舌打ちする蒼一郎に、芽郁がためらいがちに続ける。

「『なぜそんなにこの屋敷を嫌う？　ここはそなたの生まれ育った家であろう』っておっしゃってますけど」

「……生まれ育った家だからだ。思い出があるからこそ、近寄りたくないことだってある」

「え……？」

どういう意味なんだろうと思ったが、蒼一郎はそれ以上の追及を避けるように、キッチンに戻って食器を洗い始めてしまった。

「やれやれ、相変わらずよのう。両親との思い出は、あやつにとってよいものではなさそうじゃ」

食事を終え、満足そうな慈雨はまた空中に浮かんで優雅に漂っている。

「蒼一郎さんの、ご両親……？」

「蒼一郎の父、つまり竜蔵の長男の大和は既に亡くなっておる。存命である頃から、夫婦仲がよくなくてのう。母親は離婚し、蒼一郎の妹を連れて出ていったのじゃ。蒼一郎には、幼少期を過ごしたこの屋敷に、あまりよい思い出がないのやもしれぬ」

「そうだったんですか……」

裕福でなに不自由のない生活をしてきたとばかり思っていたが、蒼一郎には蒼一郎なりにつらいことがあったのかもしれない。

母の再婚で、現在実家とはある程度の距離を置いている芽郁には、なんとなくわかるような気がした。

――とはいえ、それとこれとは別の話だけど……！

いずれにせよ、なんとかして慈雨に自分たちの『縁結び作戦』をあきらめてもらわなければ。

ようやく屋敷神つきのこの屋敷での新生活にも慣れてきたところなのに、まさか雇用主と同居する羽目になろうとは。

まぁ、母屋と離れはそれぞれキッチン、風呂、トイレが別なので、厳密には同居というほどではないのだが、いずれにせよあらたな問題の勃発に、芽郁は頭を抱えた。

それから一週間。

ようやくカードを使えるようにしてもらえたが、真面目な蒼一郎は毎日定時に会社を出て高級スーパーで買い物をしてから鎌倉の屋敷に直帰し、夕飯を作ってくれた。

昨日は中華で、油淋鶏(ユーリンチー)。

溶き卵入り中華スープと麻婆豆腐(マーボーどうふ)も絶品だった。

一昨日(おととい)はエスニックでタイ風グリーンカレー。

海老やキノコ、野菜がたっぷり入ったトムヤムクンはやみつきになるほどだ。

彼なりに栄養バランスやカロリーを考え、かなりレベルの高いメニューばかりだ。

「どうだ！　今日のメインは最高級本マグロの大トロと雲丹(うに)を使った、海鮮ちらし寿司だぞ」

なんとかして慈雨においしいと思わせたいのか、蒼一郎はかなり高級食材にこだわってあの手この手と繰り出してくる。

恐らく、食材費も相当かかっているだろう。

蒼一郎と比較してしまうと、正直、時短レシピや節約レシピがメインの自分が、このレベルの料理でお給料をいただくのは申し訳ないのではないかと反省するほどだ。

「う〜む、蒼一郎の料理は美味い。確かに美味いのじゃが、一週間続くと少々飽きてきたのう」

一週間目の、豪華海鮮ちらし寿司を食べ終えた慈雨は、いつものようにふわふわ宙を浮きながら、そうのたまう。

今の発言が、もし聞こえていたら蒼一郎さん泣いちゃうだろうな、と芽郁は少々気の毒になる。

「そ、蒼一郎さんは、私よりずっとお料理上手ですよ？」

「そうとも一概には言い切れぬ。喩(たと)えるならば蒼一郎の料理は、ハレの料理で、芽郁の料理はケの料理なのじゃ」

「ハレと、ケ……？」

慈雨の説明によると、ハレは儀礼や祭りなどの「非日常」のことで、ケとは普段の生活である「日常」を指すらしい。

「高級食材を使って作れば、味は絶品になる可能性は高くなる。安価な材料を使っておいしく作る方が難しいということもある。だが、これでよくわかった。そなたたちは対照的だが、二人が夫婦になれば実によい塩梅になるであろう」

わしの目は確かじゃった、と一人悦に入る慈雨を前に、芽郁は困惑する。

「ほれ、似た者同士の方がうまくいくとも言うが、正反対の性格の方が今まで知らなかったことを学ぶことができるし、日々新鮮な驚きもあろう」

「いやぁ……慈雨様、ですから私たちはですね……」

すると、隣で正座し、今日もまだ駄目なのかと慈雨の返事を待っていた蒼一郎が低く呻いた。

「……話は聞こえないが、聞こえなくても俺がディスられている気配は、なんとなく伝わってくるぞ」

「そ、そんなことないですよ？　慈雨様、めっちゃおいしいっておっしゃってますよ？

そろそろ、蒼一郎さんにお姿が見えるようにしてくださるんじゃないですかね？」

さすがに蒼一郎が気の毒で、お願いします、と芽郁は目力を込めて慈雨に訴える。

「ふむ、わしもそなたたちの料理を交互に食したい。よいであろう」

そう嘯き、慈雨が小さな指をパチンと鳴らす。

すると、蒼一郎の目の焦点が空中を漂う慈雨に合ったので、やっと見えるようになったのだとわかる。

だが、相当にショックだったようで、「そんなに疲れが溜まっているとは思えないが……これが幻覚でないと、なぜ言える？」などとぶつぶつ呟いている。

「え、この期に及んで、まだ私の言うこと信じてなかったんですか？」

「普通は信じられんだろう⁉ 屋敷神が幼児の姿で現れて飯を作れと要求するなんて、聞いたこともないぞっ」

「それはまぁ、確かに」

「そなたの頑張りに免じて、見えるようにしてやったぞ。とはいえ、わしはそなたがオムツをしとった頃からそばにおった。蒼一郎、そなたのことはなんでも知っておる」

その言葉に、蒼一郎は慈雨を見上げた。

「……やはりあなたは、幼い俺と遊んでくださっていた方なのですか……？」

「ほぅ、憶えておったのか」

――蒼一郎さん、子どもの頃は慈雨様のお姿が見えてたんだ……。

これには芽郁も驚く。

子どもには、大人には見えない不思議なものが見えることがあると聞くが、そのせいかもしれない。

「と、とにかくもう俺の部屋を破壊するのはやめてください。いったい、なぜこんなことをなさるんですか？」

「そうは言っても、わしには長年藤ヶ谷家の敷地で面倒を見てもらった恩がある。最期に藤ヶ谷家の子孫繁栄に手を貸そうではないか。うむ、うむ、実によい考えじゃ。そなたたち、このままここで仲良う暮らすのじゃぞ」

自分の思いつきに一人満足げに頷き、慈雨はまた気まぐれに消えてしまう。

「ま、待ってください、慈雨様……！」

「また消えちゃいましたね……」

後に取り残された芽郁と蒼一郎は、顔を見合わせる。

「……言うことを聞かずにここを出たら……また俺の部屋が破壊されるんだろうな……」

「ま、まぁその可能性は否定できないですね……」

「くそっ……！　いったい俺はどうしたらいいんだ……⁉」

一週間かけてようやく慈雨と対面できたのは、僅か数分足らず。

さすがに蒼一郎が気の毒すぎて、芽郁はかける言葉もなかった。

その週末。

「慈雨様、モナカさん、今日は蒼一郎さんと映画を観(み)てきますね」

出がけにそう声をかけると、空中にポン、と慈雨が現れる。

「おお、『でぇと』か！　それはよきことじゃ。互いの親交を深めてまいれ」

「は、はい、行ってきます」

と、芽郁と蒼一郎はそそくさと藤ヶ谷邸を出る。

「よし、まずは作戦会議だ」

「了解です」

二人で『でぇと』に出かけたのは、屋敷で話すと慈雨に筒抜けになる可能性があるからだ。

今日は蒼一郎が休みなので、今後いかにして自分たちの縁結びを慈雨にあきらめさせるか、その話し合いをしようというのである。

どこかカフェへ入ろうということになり、芽郁はそれなら行きたい店があるとリクエストした。

芽郁が大好きで、もう何度も通っている、鎌倉では有名な菓子店のカフェである。

その店では胡桃とキャラメルをバターたっぷりのクッキー生地で挟んだ菓子が有名で、本店ではその菓子をふんだんに使ったパフェが食べられるのだ。

生クリームに塩キャラメル、バニラアイスにチョコアイス。

甘さ控えめなコーヒーゼリーと練乳ソースのハーモニーが素晴らしく、芽郁はご満悦だ。

「よく朝からそんなものを食べる気になるな」

「いただきます！　めっちゃおいしいですよ？　蒼一郎さんも食べればいいのに」

コーヒーを啜る彼を前に、芽郁はしあわせそうにパフェをぱくつく。

「本題に入るぞ。いったいどうやったら慈雨様をあきらめさせることができるかだ。このまま、あの屋敷に足止めを喰らうのは不便でかなわん。俺は一日も早く東京に戻りたいんだ」

蒼一郎のマンションの部屋は、水漏れの修理は終わったものの、現在壁紙の張り替えなどの修復工事中で、まだ入居はできないらしい。

その間は大人しく屋敷に住めばいいのにと思うが、また怒られるので口には出さない。

「ご本人もおっしゃってましたけど、慈雨様はご自分が消滅してしまうってわかってるから、その前になんとか藤ヶ谷家を子孫繁栄させたいっていうお考えだと思うんですよ」

「それは今のところ不可能だ」

と、蒼一郎がきっぱり否定し、芽郁も「ですよね」とあっさり納得する。

「後は、そうですねぇ……かつては広く信仰され、人々に崇められてきた存在だったから慈雨様は数百年もの間、存在し続けられたわけですよね？」

「まぁ、そういうことになるな」

「そしたら、もっとたくさんの人に、慈雨様の祠にお参りしてもらったらいいんじゃないですか？　例えばお庭を一般開放して、観光客にお参りしてもらうとか」

そう提案してみるが、

「う〜ん……いい案に思えるが、屋敷に不特定多数の人間を出入りさせるのは、防犯上危険だろう。俺が出勤中、きみは一人になるわけだし」

「そっか……そうですよね」

確かに、人々の信仰を取り戻せれば一番いいのかもしれないが、話はそう簡単ではないのだろう。

それももっともな意見だと、芽郁は納得するが、ではどうすれば？

「あの……立ち入ったことを聞いてもいいですか？」

「なんだ？」

「蒼一郎さん、遺産としてあのお屋敷を竜蔵さんから受け継いだんですよね？　いえ、さもてあましているといった様子なのに、ならなぜ最初から売ってしまわなかったのかって不思議で」

前からずっと気になっていたことを質問してみると、「祖父の遺言だからだ」と蒼一郎は忌々しげに答えた。

彼の話によると、父親は既に亡くなっていて、母親は離婚後別の男性との再婚で海外で絶縁状態。

（この辺の事情は、慈雨様から聞いた通りだ）

続権を放棄したらしい。

蒼一郎には母と暮らしている妹が一人いるが、もう藤ヶ谷家とは関わりがないからと相続権を放棄したらしい。

なので竜蔵の遺産は、竜蔵の次男である義之と、長男大和が亡くなっているので代襲相続として蒼一郎が受け取ることになったようだ。

そして本宅とその敷地は、竜蔵が本家直系の孫である蒼一郎に相続させる手配を生前に済ませていたらしい。

そして、竜蔵は奇妙な遺言状を遺した。

「決してこの屋敷を手放してはならず、屋敷神を祀り続けることとモナカの世話をすること」

それが、遺産相続の条件だった。

一応祖父の最期の頼みだったので、蒼一郎は渋々住み込む人間を雇い、この屋敷を維持し続けているのだという。

「それって……竜蔵さんも、慈雨様の存在を感じてらしたってことじゃないですか？　お屋敷を売ってしまったら、慈雨様の行き場がなくなってしまうから」

「可能性はあるが……もう確かめようがない」

と、二人はいったん口を噤む。

「……慈雨様、ご自分の心残りっていうか、消滅してしまう前に最期に叶えたい願いがあるって、でもそれがなんだったのか忘れてしまったっておっしゃってたんです。もし、その願いを思い出すことができたら……」

「俺たちの縁結びより優先させたくなる、ということか？」

察しのいい蒼一郎に、芽郁は頷いた。

「なにか、手がかりはないんですか？　慈雨様の由来とか、蒼一郎さんはご存じないんですか？」

「詳しいことはなにも知らん。祖父はきちんとまつりごとを行っていたが、俺の父もまったく無関心な人だったからな」

「お庭に、古い蔵がありますよね？　あの中に、なにか古い文献や、慈雨様に関する記録とか残ってないんでしょうか？」

なにげなく芽郁はそう提案してみたが、蒼一郎はなぜか表情を曇らせる。

「……そう、だな。調べてみる価値はあるかもしれないが、まず蔵の鍵がどこにあるか探してみないと」

なんとなく、彼が乗り気でないのを察し、芽郁は「ま、まぁ急がなくてもいいですよね」と話題を逸らした。

「しかし、きみはいろいろ動じないな。普通こんなことに巻き込まれたら、一目散に逃げ出すだろうに」

「そうしようとしたら、お金の力で引き留めたの、蒼一郎さんじゃないですか」

と、芽郁は突っ込みを入れる。

「確かに……だが、我が家の守り神が、そこまで家のことを心配しているとは思わなかった」

「古い時代からいらっしゃるので、子孫繁栄とか家の存続とかがなにより重要って価値観なんでしょうね」

「今はもうそんな時代じゃないというのに。少子化で跡継ぎがいなくなって墓じまいする家が続々の現代に、実にナンセンスだ」

「同感です」

「では、一応確認させてくれ。きみも俺も、とりあえず当分は結婚する意志はないということで間違いないか？」

蒼一郎の念押しに、芽郁は「はい」と頷く。

「私、友達にも言われて、思ったんです。世の中には一人だと寂しくていられない人と、一人でも平気な人の二種類いるんじゃないかって。私は完全に後者で、一人でいても楽しい人なんだなぁ、って。だから、この先本当に好きな人に出会えたなら結婚したいって思うかもしれないけど、生活のためとか適齢期過ぎちゃうからとか、世間体とか、そういう理由のために結婚するのは、なんか違うって思っちゃうんです」

学生の頃から、こと恋愛に関してはひどくドライだったような気がする。

友達がクラスの男の子の話題で盛り上がっているのを、さも共感しているふりをしながら傍らでただ聞くのが常だった。

さして興味も持てないまま、やがて大学受験でそれどころではなくなり、美大に入ったら入ったで日々課題とバイトに追われ、息つく暇もなかった。

たまに友達に紹介され、デートなどもしたことはあるが、なにかと相手に気を遣うことが多く、家で絵を描いている方が楽しいと思った。

前の会社に就職したら超ブラックな労働環境だったので、とても恋人など作れる時間も心の余裕もないまま、ふと気づいたら三十を過ぎていた。

あまり恋愛に興味もなく、なんとなく地味に、ただただ真面目に生きてきて。

そういう人は、自分以外にも男女問わずけっこういるんじゃないかと思う。

一人暮らしは自由で快適だし、恋人がいなくても特別困ることもない。

なので、漠然とこのまま一生一人なのかもなぁ、などと考える時もある。

慈雨の気持ちはありがたかったが、縁結びなんて、今の自分にはそれこそ縁がないものだと思った。

そして、それは蒼一郎も同じようだ。

「俺も同感だ」

「共感していただけて、よかったです」

彼とはおひとりさま思考が似ているので、そういう点ではつい仲間意識を感じてしまう。

「とりあえず、私は慈雨様のためにも心残りを解消させてあげたいです」

心残りがなんなのかを思い出すことができて、その願いが叶えられたなら、もしかしたら慈雨は消滅を免れる可能性があるのではないか？

芽郁はそう考えていた。

「おいしいお食事を差し上げて、それを続けたら、慈雨様はお力を取り戻して、今の子どもの姿から成長できるかも」

「うむ、そうしたら慈雨様の縁結び作戦を躱しつつ、日々彼の気に入る料理を作り、その心残りがなんなのかを突き止めるのが問題解決への早道だな」

蒼一郎が、そうまとめる。

「俺は一日も早く東京へ戻りたい。きみはあの屋敷でおひとりさまライフを満喫したい。利害は一致したな」

「はい、これからよろしくお願いします」

こうして、芽郁と蒼一郎はひそかに同盟を結んだのだった。

そんな調子で半ば強制的にスタートした同居生活だったが、予想に反して特になんの問題も起こらずに日々は過ぎていった。

同居とはいえ、蒼一郎は母屋で、芽郁は離れでと棟も別、風呂やキッチン、トイレも別という生活なので当然といえば当然かもしれない。

蒼一郎は几帳面（きちょうめん）な性格なのか、自分が使った水回りや部屋の掃除は自分でやると言うので、芽郁は掃除する場所が減って助かるくらいだ。

いつのまにかお試し期間もとっくに過ぎ、絶対に辞めないでくれと蒼一郎にも泣きつかれたので、芽郁は思い切って都内の部屋を引き払った。

家具や大きい荷物はレンタル倉庫を借りてそちらに保管し、着替えや身の回りの品を藤ヶ谷邸へ送って本格的に移り住むことになる。

そしてとりあえずの同居にあたり、諸々ルールを決めた。

慈雨の成長を促し、かつ彼の記憶を取り戻すために、なるべく朝晩は共に食卓を囲むことになったので、蒼一郎は食事当番を決めようと言ってきた。

芽郁は、報酬を受け取って管理人をしているのだから、自分が作ると言ったのだが、なにごとも借りを作るのがいやだという彼は、帰りが遅い平日の夕食は芽郁に任せ、土日の夕食と普段の朝食はできる限り当番制で引き受けると宣言したのだ。

彼が残業で遅い日は、慈雨と二人で先に済ませることもあるが、極力三人揃って食べるようにしている。

芽郁は夜中まで、ポツポツ回してもらったデザイナーの方の仕事を続けているが、朝は蒼一郎の出勤に合わせて七時に朝食を摂るようになった。

こうしてなんとか双方の予定をすり合わせ、慈雨が望むように振る舞っているのは、ひとえに彼の記憶を取り戻すためだ。

だが、芽郁と蒼一郎の料理を交互に食べて喜んではいるものの、慈雨は今のところ特に思い出すことはないという。

いったい、どうしたら失われた記憶を取り戻すことができるのか。

蒼一郎が休みの週末は、作戦会議だとバレないよう『でぇと』に出かけるふりをして二人で鎌倉の街を散策しながら、あれこれ慈雨が喜びそうなメニューを考えた。

——こういうとこ、蒼一郎さんってものすごく真面目なんだよね……。

だが、蔵の捜索は蒼一郎がその後まったく触れてこないので、そのままになっている。

やはり、なにか不都合なことがあるのだろうか……？

それが少し気になる芽郁である。

芽郁と蒼一郎が屋敷に住み始めてから、賑やかになったと慈雨は嬉しそうだ。

天気がよい日の昼下がりには、ときどき姿を現してモナカと一緒に離れの縁側で日向ぼっこを楽しんでいる。

「慈雨様、お茶いかがですか？」

「おお、ご相伴にあずかろう」

キッチンでお茶の仕度をしていると、母屋の廊下から蒼一郎がやってきた。

今日は休日なので、また『でぇと』を装った作戦会議に出かけるのか、芽郁の様子を窺いにきたようだ。

すると、そんな彼に慈雨が先に声をかける。

「蒼一郎は土日しかおらぬのだから、休日くらい我らのお茶に付き合うがよい」

「それ、強制参加ですか……？」

蒼一郎は極めて迷惑そうだったが、逆らうとまたマンションを破壊されると警戒しているのか、渋々縁側に座る。

少しだけ彼が気の毒になり、芽郁は丁寧に茶を煎れてやった。

「今日のお茶請けは、栗かぼちゃの茶巾ですよ」

最近よく行く直売所で、鎌倉野菜を買うのが芽郁の習慣だ。

見たこともない種類の野菜がたくさんあって、眺めているだけで楽しい。

昨日は栗かぼちゃが安かったので、簡単おやつを作ってみることにした。

レンジで加熱した栗かぼちゃの皮を取って麺棒で潰したものに砂糖を入れてよく混ぜ、

耐熱皿に伸ばして再度加熱。

そこに蜂蜜を混ぜ、粗熱を取った後ラップで茶巾の形に絞れば出来上がりだ。

「ありがとう、いただきます」

さらりと礼を言い、蒼一郎はクロモジで一切れ口へ運ぶ。

――蒼一郎さん、ちゃんとお礼を言えるとこはいいよね。

芽郁の基準では、『ごめんなさい』と『ありがとう』をちゃんと言葉にして相手に伝えられる人はポイント高いのだ。

「芽郁のおやつはおいしいのう」

縁側で足をぶらぶらさせながら、慈雨もおいしそうに茶巾を頬張っている。

「そうですか、よかった」

芽郁もいただくが、渋い緑茶に栗カボチャの濃厚な甘みがよく合って、我ながらいい出来だと思わず笑顔になる。

これは自分の料理の腕ではなく、自然の素材の勝利だろう。

「さぁ、そなたたち、思う存分話して互いをよく知るがよい。蒼一郎の趣味は……ジムと映画鑑賞くらいか。あちらの部屋に住んでおった時も、暇さえあればジム通いをしておったようじゃからの。昔からだが、少々面白みに欠ける男よのう」

「……慈雨様、お願いですから俺の個人情報を勝手に開示しないでください」

なにせ蒼一郎が生まれた時から見守り続けている慈雨にかかっては、さしもの彼も形なしだ。

さぁさぁ、と二人並んで座らせられ、蒼一郎と芽郁は閉口する。

「芽郁や、こう見えて蒼一郎は悪い男ではないのだぞ？　それはまぁ、少々堅物で頑固なところが玉に瑕じゃが、真面目で誠実なところはわしが太鼓判を押してやろう」

「で、ですから慈雨様、私たちはですね……」

何度目かの説得を試みようとする芽郁を、蒼一郎が小声で止める。

「なにを言っても無駄だ。ほかの方法を探そう」

「でも、なにか手はあるんですか？」

芽郁の問いには答えず、蒼一郎は達観した表情でひたすら茶を啜っている。

――あ、蒼一郎さんが虚無顔になってる……。

すると、そこへインターフォンが鳴り、「客か？」と蒼一郎が立ち上がり、庭から母屋の方へ向かった。

ややあって、弁護士の浜中を連れて縁側へ戻ってくる。

「あ、浜中さん、こんにちは」

「ご無沙汰してます、お邪魔します」

芽郁が浜中の分のお茶と茶巾も出してやると、彼は勧められるままに縁側に腰かけた。

「えっと、蒼一郎さんに頼まれた書類をお持ちしたんですが……お二人は同居されているんですか？　まったく知りませんで、この度はまことにおめでとうございます」

と、浜中にまで勘違いされ、芽郁は慌てて否定する。

「ち、違いますっ、蒼一郎さんは東京のお部屋のトラブルで、一時的にこちらに避難されてるだけなので」

「え、そうなんですか？　僕はまたてっきり……」

まぁ、浜中には慈雨の姿は見えないので、端から見れば休日をのんびり縁側で過ごす同棲カップルにしか見えないかもしれない。

だが、一つ誰も座っていない座布団を見て、なぜ自分が来るとわかったのだろうと浜中が不思議そうな顔をしたので、芽郁はあらたに彼の分の座布団を取ってきて勧めると、ますます首を傾げながらもそれを使う。

浜中が飛び入り参加しても、慈雨は傍らのモナカの背を撫でながら、にこにこと嬉しそうに彼らの話を聞いている。

「そうですか。いや、竜蔵さんもすごく蒼一郎さんのことを心配なさっていたので、素敵な伴侶が見つかってよかったと思っちゃったんですよ」

「祖父が、俺のことを……？」

よほど意外だったのか、蒼一郎が驚いたような顔をする。

「そうですよ。竜蔵さんは寡黙な方でしたからなにかと誤解されがちでしたけど、僕は大好きでした。僕が来ると、いつもこうしてお茶を煎れてくれて、ご家族の昔話をしてくれたんです」

「そうだったのか……」

そこでふと思いついたように、蒼一郎が浜中に質問した。

「そうだ、浜中さん、祖父からなにか、庭にある屋敷神様に関する話を聞いていないだろうか？」

「え、お庭のですか？　そうだなぁ……あ、そういえば屋敷神様は本当に存在するんだっておっしゃってたのを聞いたことがありますけど」

やはり、竜蔵には慈雨の姿は見えなくても、彼の存在や気配を感じることがあったのかもしれない。

芽郁と蒼一郎は、思わず視線で会話を交わす。

「自分がいなくなった後、蒼一郎さんが、ちゃんと引き継いでお祀りしてくれるだろうかってことを、いつも気にされてましたね。蒼一郎さんのお父様、ご長男さんとはいろいろあって、和解されないうちに先立たれてしまったこと、ずっと後悔なさっていたみたいです」

お茶、ご馳走さまでしたと礼を言い、次の予定があるのでと浜中は帰っていった。

「……祖父が、他人にそんな話をしていたなんて、ぜんぜん知らなかった」

慈雨に暴露される前に自分で話した方がいいと判断したのか、蒼一郎が話し出す。

「父と祖父は、俺が小さい頃から不仲だったんだ。父は俺と同じ現実主義者で、目に見えないものは信じない、旧家の伝統を引き継ぐなんてバカらしいと考える人だった。実際、自分のやりたいように総合商社の仕事で海外を飛び回って、政情不安な国にも行っていたんだが、日本に戻った時に車の事故で亡くなった。皮肉なものだろう？　五年ほど、前のことだ」

「それは……大変でしたね」

苦労知らずの御曹司に見える彼にも、つらい経験はあったのだなと芽郁は気の毒に思う。

確か、竜蔵の次男、つまり蒼一郎の叔父にあたる分家の人物はまだ健在のようだが。

蒼一郎には妹がいると言っていたが、母親ともどもずっと会っていないようだし、家族との縁は薄いのだろう。

「竜蔵は強がりじゃったが、本音は寂しかったのやもしれぬのう」

渋いお茶を啜りながら、慈雨が呟く。

「……俺自身、十八歳でこの家を出てからは、ほとんど帰らなかったので」

蒼一郎の話では、体調を崩した竜蔵は、亡くなる前から入退院を繰り返していたらしいが一切知らせてこず、亡くなって初めて浜中から連絡が来たのだという。

父親の死も突然だったせいで死に目に立ち会えず、彼はそれを悔いているようだった。

「後悔しておるのか？　大和とも竜蔵とも関わり合おうとしなかったことを」

慈雨に穏やかに問われ、蒼一郎は拳を握ってうつむく。

「……そうかもしれません。でも、今さら後悔しても、時は戻せない」

「蒼一郎さん……」

「じゃが、今からでも竜蔵たちがなにを望み、なにを考えていたのかを知ることはできるじゃろう？」

慈雨のなにげない言葉に、蒼一郎ははっとした表情になる。

「……蔵の鍵を、探してきます」

そう言い残し、蒼一郎は母屋へと戻っていった。

「慈雨様、今日は蒼一郎さんと蔵の掃除をします。なにかあったら呼んでくださいね」

頭にバンダナをかぶり、エプロンに掃除用手袋、マスクと完全装備の芽郁は、蔵に向かう前に祠に声をかける。

あの後、蔵の鍵を見つけ出してきたと言う蒼一郎に、休日に中を探索するので付き合ってくれと頼まれたのだ。

　すると、いつものように鈴の音が聞こえてきて。

「おお、そうか。二人は順調に絆（きずな）を深めておるようじゃの。よいことじゃ」

　ポンと現れた慈雨は純粋に喜んでいるので、縁結びを回避するための作戦だとは言えず、かなりの罪悪感がある。

　――でも、しょうがないよね。

　もし本当に慈雨があと少しで消滅してしまうなら、なにより彼の記憶を取り戻させてあげたい、彼の本当の最期の望みを叶えてあげたいと芽郁は考えていた。

「よし、やるか。中がどうなってるのか、俺も知らないんだが」

　蒼一郎自身も、蔵に入るのは子どもの頃以来だという。

　始めは難色を示していたが、芽郁が説得して同じくフル装備姿だ。

　長い間、母屋の金庫にしまい込まれていたらしい古い鉄製の鍵で、錠前を開ける。

　重い扉を押し開けると、マスク越しでも埃（ほこり）の匂いが鼻をついた。

「わぁ……広いですね」

　蔵の中は、普通の一戸建てがすっぽり入るくらいの広さで、階段もついていたので二階もあるようだった。

　埃っぽくはあるものの、壁にしつらえられた大型書庫にはたくさんの本が整理されていて、棚には骨董品らしき壺や掛け軸の入っている木箱などが積み上げられている。

とりあえず、文献から探してみようということになり、二人は書庫を漁り始めた。

「……蔵の捜索だが、すぐに取りかからなくて悪かった」

「え？　いいんですよ、そんな」

なぜ彼が謝るのだろう、と不思議に思っていると、蒼一郎は気まずそうに続ける。

「蔵に、祖父がいろいろな文献を保管していたのは知っていた。だが、それを調べるということは、自分のルーツに向き合うことになる。なんとなく、それが怖かったんだ」

「蒼一郎さん……」

「この家と向き合いたくなくて、十八で家を出て以来、ほとんど帰らなかったせいで、父の死に目にも、祖父の死に目にも立ち会えなかった。その後悔と改めて向き合わなければならないのは……」

後に続く言葉は、『つらい』だったのか、『しんどい』だったのか。

彼は続けなかったけれど、芽郁にはその気持ちがわかるような気がした。

とはいえ、浜中から今まで知らなかった祖父の一面を聞かされ、蔵を開ける気持ちになったのは、蒼一郎にとって進歩ではないかと芽郁は思った。

「家族って、どこのおうちでもいろいろありますよね」

「え……？」

「私の家も、中学生の頃に両親が離婚してるんです。父の浮気が原因ですごくモメたんで、父にはもう何年も会ってません。父はその浮気相手と再婚して、子どももいて。母も子どものいる男性と再婚したんですけど、私、母の再婚相手と合わなくて。それで、私も就職して母のところを出たので、もう私には帰る家がないんだなぁって、よく思うんです」

父にも母にも、既に新しい家庭と家族があり、そのどちらにも自分は所属していない疎外感のようなものをずっと抱えて生きてきた。

芽郁が今一つ結婚に希望を抱けず、一人で生きていこうという意志が強いのは、そんな家庭環境が少なからず影響しているのかもしれない。

「そうだったのか……きみも苦労しているんだな」

会話を交わしながら、蒼一郎は棚の上に乗せられていた段ボール箱を次々下ろしていく。恐らく、そこに竜蔵所有の本が入っているという。

「……なんだか、意外だった。きみはいつも、その……なんというか、楽しそうに見えたから」

「だって、十年勤めた会社を辞めて、人生初の休暇なんですよ? 楽しまなきゃ損じゃないですか。こんな素敵なお屋敷に巡り会えて、ここで暮らせるなんて、私今本当にしあわせなんです」

芽郁が熱く古民家への愛を滔々（とうとう）と語ると、蒼一郎は「やはりきみは、面白い人だな」と率直な感想を述べた。

「あ、これ竜蔵さんの私物っぽいですよ?」

と、段ボール箱の一つを開けた芽郁が、ビニール紐でくくられた本の山を発見する。

「祖父が亡くなった時、彼の蔵書は当座のつもりで業者に依頼してここに移動してもらったんだ。そのままになっていたが、処分しなくてよかった。屋敷神様に関する記録が、なにか残っているといいんだが」

言いながら、蒼一郎が紐を切り、一冊ずつ調べ始めたので、芽郁も手伝う。

竜蔵はかなりの読書家だったらしく、文学全集や専門書がほとんどだったが、一応の収穫はあった。

彼の書き記した、数十年分の過去帳が見つかったのだ。

それは藤ヶ谷家の冠婚葬祭に関する記録帳で、親戚の誰がいつ結婚し、いくらご祝儀を包んだかなどが詳細に記録されているものだった。

「あ、これうちの祖母もつけてましたよ。ちゃんと記録しておかないと、お返しする時に忘れちゃうからって言ってました」

「ふむ……だが、屋敷神様に関する記録は……」

帳面をめくっていた蒼一郎の、手が止まる。

他人の家のプライバシーなので、芽郁は見るのを遠慮していたのだが、その中に屋敷神の祭りの記録があったというのだ。

「そ、それで？　なんて書いてあるんです？」

勢い込んで尋ねると、蒼一郎はその周辺の記述を読み上げてくれる。

「そういえば前に、祖父から聞いたことがある。昔はこの辺りで行われていた地元の秋祭りの日に、氏神様のお社からうちまで神輿が担がれてきて、屋敷神様の祠の前で神楽を奉納したらしい」

「ってことは、慈雨様はかつては藤ヶ谷家だけの屋敷神様ではなくて、この土地全体で信仰されて大事にされてきた神様だった、ってことですよね？」

「ああ、だが年月が経つにつれ、秋祭りも簡略化されて、その儀式も取りやめになったと祖父が言っていた」

地元の祭りはなくなったが、その後も藤ヶ谷家だけでお供えやお祀りは続けていたらしいが。

「もしかしたら、このお祭りを復活させてほしいというのが慈雨様の望みなんじゃないですか？」

「あり得るな……」

藤ヶ谷家でも毎年続けて行ってきたその儀式も、記述によると竜蔵が入退院を繰り返していたので、亡くなる一年前から行っていなかったらしい。

ようやく手がかりが見つけられ、芽郁と蒼一郎は手応えを感じた。

「新暦にすると、十二月の頭になるのか」

「つまり、二年のブランクがあるってことですね。秋祭りの日、来月ですよ？」

「神輿を復活させるのはさすがに無理だが、さっそく準備をして、俺たちでできるだけ儀式を再現して執り行おう」

まだ時間はあるので、二人は急いで祭りの作法を学び、お供えする料理を練習することにする。

竜蔵がこと細かに記録してくれていて、本当に助かった。

秋祭り当日に祠にお供えするのは、昔からのしきたり通り、お頭つきの魚に赤飯と幾種類かの煮物、それにけんちん汁らしい。

「どうしてけんちん汁なんですかね？　鎌倉だから？」

ネットで検索してみると、けんちん汁は鎌倉にある建長寺（けんちょうじ）の精進料理が発祥という説がある。

鎌倉時代から僧侶たちが食していた、「建長汁」が由来だとか。

ゴボウ、人参、大根などを胡麻油で炒め、蒟蒻（こんにゃく）、豆腐を加え、昆布と干し椎茸（しいたけ）の出汁で煮た、素朴な汁物だ。

日本各地の祭りでハレの日ということでご馳走を食べる風習が多いことから、当時としては贅沢な食事だったのかもしれない。

「しかし……なぜ祖父は遺言に秋祭りのことを書かなかったんだろう？　この屋敷を売らないという条件と一緒に、俺にやらせればいいものを」

蒼一郎は、どうやらそこが引っかかっているようだ。

「でも、こうして詳細な過去帳を遺してあるってことは、本心では蒼一郎さんにまつりごとを引き継いでほしかったんじゃないですかね？　これ、どう見てもただの日記っていうよりは、次に秋祭りの準備をする人向けの指南書ですもん」

屋敷や財産を盾に条件にするより、竜蔵は蒼一郎に自らの意志で探し、調べてほしかったんじゃないかなと芽郁は思った。

それは、蒼一郎も同じ気持ちだったようだ。

「祖父は毎年一人でこれを続けていたんだな……知らなかった」

と、独り言のように呟く。

十八歳で早々に家を出てしまった上、こうした風習に今までまったく興味がなかった彼は、本当になにも知らなかったのだろう。

「こうやって、古来からの風習も時代と共にだんだん風化していくんでしょうね」

だから、慈雨が神としての力を失い、消滅の危機に晒されているのだろう。

初めは怖かったが、毎日食卓を共にしていれば自然と情が湧くものだ。

芽郁はなんとかして、慈雨の消滅を食い止めたいと思った。今までも気の毒だと思っていたが、消えないでほしいと、いつのまにか強く願うようになっていたのだ。

「とにかく、秋祭りを復活させれば慈雨様もきっと喜びますよ。やってみる価値はあると思います」

「……そうだな」

「けんちん汁、おいしく作って当日慈雨様を驚かせちゃいましょうね」

それから何度かに分けて蔵中を探索してみたが、一応竜蔵の過去帳は見つかったものの、そのほかで慈雨の由来などを記した資料や文献などは発見することはできなかった。手がかりなしなので、こうなっては秋祭りの復活に希望を託すしかない。

秋祭りのことは慈雨にはサプライズにしようと考えたので、二人は内緒でこそこそと母屋のキッチンで、二、三度けんちん汁を作り、リハーサルしてみた。

そのさまを見て、仲良うしておるなと慈雨もご機嫌なので一石二鳥だ。

こうして日々は過ぎ、その日は蒼一郎が会社の飲み会だったので、芽郁は慈雨と二人で夕飯を済ませる。

そして夜十一時を回った頃、離れの居間で慈雨と一緒にテレビを観ていると、蒼一郎が帰ってきた。

「お帰りなさい、おなか空いてません？　蒼一郎さんも焼き豚目玉焼き飯、食べますか？　マヨネーズが最高に合いますよ」

そう声をかけると、蒼一郎はネクタイを緩めながら半眼状態になった。

「……なんだ、その部活帰りの男子高校生が大喜びしそうなハイカロリー飯は？」

「愛媛県の今治市のＢ級グルメですよ。知らないんですか？」

と、芽郁はスマホで今日の夕飯の写真を蒼一郎に見せる。

夕方、テレビの旅番組でこの料理が特集されていたのを見て、慈雨が食べてみたいと言い出したので、家にあるもので急遽アレンジしてみたのだ。

炊きたてご飯の上に市販の焼き豚を五、六枚乗せ、フライパンで焼いた半熟の目玉焼きをさらにその上に乗せてから焼き肉のタレをたっぷりかける。

仕上げに、刻んだ青ネギを散らせば出来上がりだ。

「慈雨様のリクエストなんです。今はお肉がブームらしくて」

最近ではスマホであれこれレシピを見せ、慈雨のリクエストを聞いている芽郁だ。

「ふむ、恐らく菜食の時代が長かったせいかもしれぬのう」

過去を思い出せない慈雨は、そう推察しているようだ。

「蒼一郎も食べるがよい。途中から、マヨネーズで味変すると最高じゃぞ！」

すると、食い入るように芽郁のスマホの画像を見ていた蒼一郎が、それを返してきた。

「……駄目だ、しまってくれ。見てると食べたくなる」

「食べればいいじゃないですか。すぐできますよ？」

「……頼むから、誘惑しないでくれ」

既に外で食べてきた蒼一郎は、焼き豚目玉焼き飯の誘惑を振り切って我慢することに決めたようだ。

「なんか、慈雨様は古来の伝統的なお料理よりも、こういう今時のお手軽レシピみたいなものの方が物珍しいのか、喜んでくださるんです」

「うむ……確かに、こないだの精進料理の懐石を出した時よりご機嫌だな」

神様が力を取り戻すには、やはり精進料理が一番なのではないか、と先日二人でレシピを調べ、自己流で精進料理のフルコースを作ってみたのだが、おいしいと褒めてはくれたものの特に変化はなく、あきらかにこうした料理の方が慈雨のテンションが高いのである。

と、そこで蒼一郎はなぜか一人離れの居間から廊下へ出ていった。

ややあって障子戸を開き、芽郁を手招きしている。

「？」

なんだろう、と思いつつ、芽郁は廊下を出て彼の許へ急ぐ。

すると蒼一郎は、慈雨に聞かれないようにか声を潜めて言った。

「実は今日、マンションの管理会社から連絡があった。俺が借りていた部屋に、重大な欠陥が見つかったそうだ」

「え……？」

蒼一郎の説明によると、水道管が破裂したことで、念のためほかに異常はないかと壁や床を開けて点検したところ、床下部分のコンクリートに大きな亀裂が見つかったらしい。

どうも、補修工事に時間がかかっていたのは、そのせいのようだ。

築浅のデザイナーズマンションで家賃も高い部屋だが、建設した施工会社の中抜きでかなりの手抜き工事だったことが判明し、現在ほかの部屋でも同じような欠陥が見つかって大騒ぎになっているらしい。

「そ、それは……もしかして水道管の破裂も、慈雨様のしわざじゃなかったのでは？」

さらに、その欠陥で崩落などの重大な事故に至る前にわかって、蒼一郎は命拾いしたのかもしれないと思うと、芽郁は背筋がぞっとする。

「確かに……業者も、水道管の破裂も手抜き工事が原因だろうと言っていた。もしかしたら、慈雨様はこのことを知っていたのか……？」

「……あり得ますね」

二人は、雪見障子のガラス部分から、思わず室内の慈雨の様子を窺う。

芽郁が持ち込んだふわふわクッションに埋まり、モナカと寄り添いながらのんびりテレビを観ているその姿は、とてもそんな風には見えない。

「……とはいえ、ホテルを予約できなくさせたり、俺のカードを使えなくしたりしたのは間違いなく慈雨様だろうが」

「……ですね」

その点に関しては、秒で意見が一致する。

「……浜中さんからも、少し前に連絡があった。前に管理人として雇った夫婦と、子連れの家族のことなんだが」

と、蒼一郎は芽郁に話そうかどうかためらいながらも、続けた。

「慈雨様がポルターガイストで追い出した方たちですね？　どうかしたんですか？」

「夫婦の方は、うちを辞めてすぐ夫が危険運転で書類送検されて、子連れの方は借金で夜逃げ状態だったそうだ。トラブルが起きる前に先方から辞めてくれてよかったですね、と言っていた」

「……慈雨様、それもわかっていて……？」

「やっぱり関係あるんだろうか……？」

そこで再び、二人は慈雨を見つめる。

「……とにかく、前の部屋は引き払うしかないか」

蒼一郎は、さほどいやだとか困ったという感情を含まない声音で、そう呟いた。

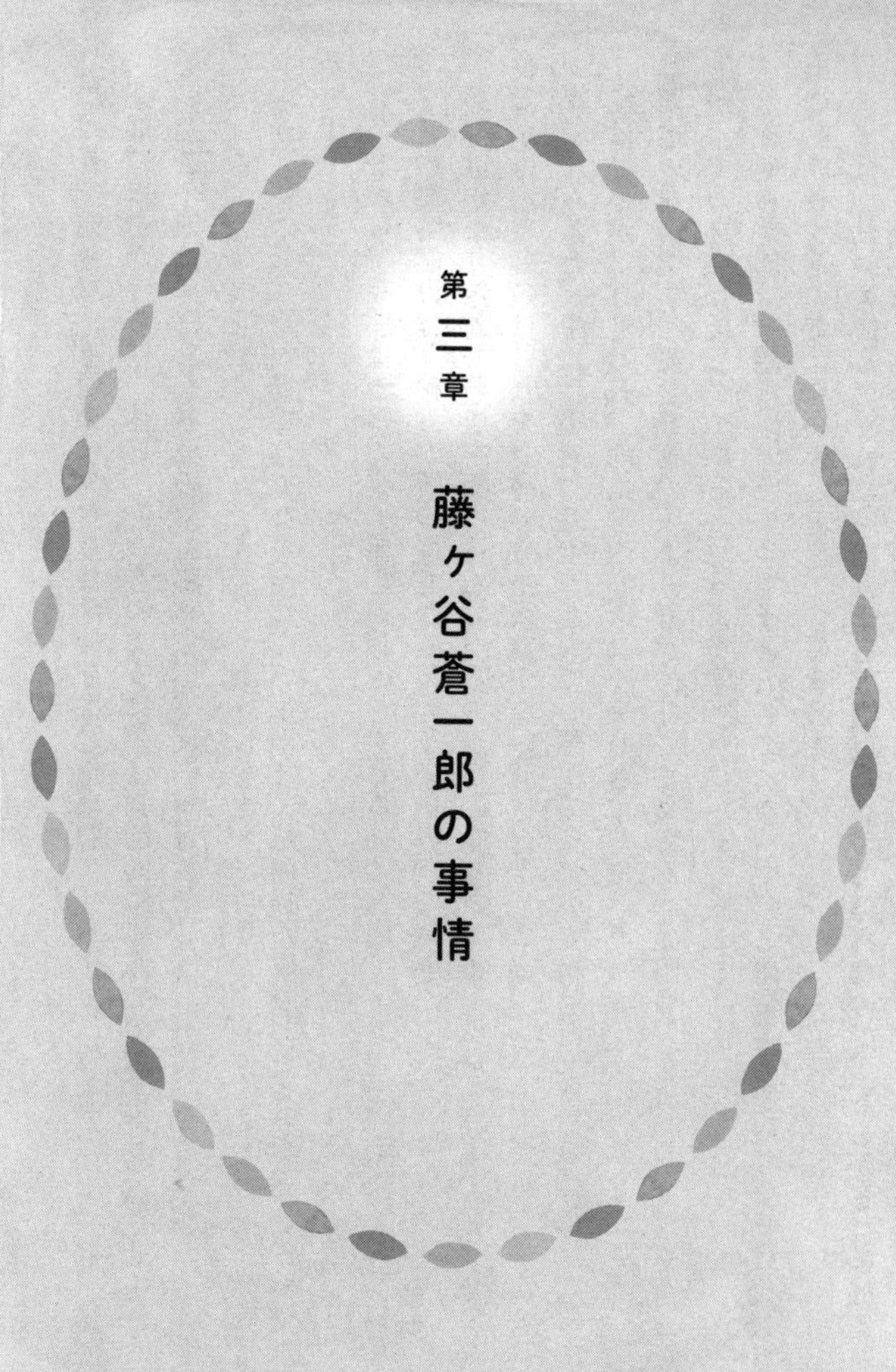

第三章

藤ケ谷蒼一郎の事情

「ね、蒼一郎さん。慈雨様、少し身長が伸びましたよね？」

芽郁に声をかけられ、休日、いつものように半ば強制的に縁側でのお茶に参加させられていた蒼一郎は、ぼんやり庭の椿（つばき）を眺めていて反応が遅れた。

「え、なんだって？」

「もう、私の話、聞いてくれてなかったんですか？　慈雨様が成長したんじゃないかって話です」

言いながら、芽郁は漆器の菓子皿を差し出してくる。

今日のお茶請けは、彼女が買ってきた老舗（しにせ）和菓子店のどら焼きだ。

芽郁はかなり鎌倉の名店を調べ込んでいるのか、おいしいスイーツを発見する天才で、彼女が選んだものはどれを食べてもハズレがない。

齧（かじ）ってみると、中には小倉クリームと大粒の栗が入っていて絶品だ。

実はひそかに甘党の蒼一郎は、内心これを楽しみにしていた。

「間違いないですって。最初の頃より背が伸びてますもん。慈雨様、きっとお食事を召し上がって力を取り戻しつつあると思うんです」

どうやら芽郁は、慈雨が力を失って子どもの姿になっているので、力を取り戻せば大人の姿に成長するのではないかと考えているようだ。

思えば、幼い頃遊んでくれた慈雨は十三、四歳くらいに見えたので、もしかして神様というのは容姿も年齢も変幻自在なのだろうかと考える。

言われて、蒼一郎は隣の座布団にちょこんと正座してお茶を啜っている慈雨を見つめる。

よくわからないというのが本音なのだが、正直にそう答えれば芽郁の機嫌を損ねるのは今までの経験上学習したので、「そう言われてみれば、そんな気がしなくもないな」と曖昧にお茶を濁すことにした。

無意識にそう答えてから、なぜそんな気を遣わねばならないのか疑問に感じる。

以前の自分なら、間違いなく「変わらんだろう」と正論を吐いていたはずなのに。

「もう、なんなんですか。その政治家の答弁みたいな返事は」

真面目に答えてくださいよ、と言いながら芽郁は笑っている。

芽郁が笑ってくれていると、ほっとする。

彼女には、いつも笑っていてほしかった。

「目視より、測定するのが確実だろう。身長を記録しておけばいい」

と、蒼一郎は芽郁と慈雨を連れて母屋の居間へ向かった。

居間の床の間にある、大杉を使った柱には、いくつもの古い傷が刻まれている。

その脇には「竜蔵」「義之」「大和」「蒼一郎」などと名と年齢が記されていた。

「この、義之さんって？」

「前に話した、叔父だ。この屋敷は、曾祖父が八十年ほど前に建てたものだからな。子どもたちの成長を柱に記録していたんだろう」

この家には、もう年々身長を測るような子どもはいない。

今後誰も新しい傷をつけることはないのだから、慈雨の成長記録に使えばいいのではないかと考えたのだ。

「でも、こんな立派な柱に、いいんですか？」

私、お掃除の時に傷つけないように細心の注意を払ってたのに、と芽郁が言う。

「どうせ、さんざん傷をつけてるから今さらだ」

蒼一郎は物差しを探してきて、芽郁に手渡す。

「慈雨様、身長測っておきましょうよ。このままお食事を摂り続けたら、きっと元のお姿に戻れますよ！」

と、芽郁は嬉しそうに慈雨を柱の前に立たせる。

慈雨も、芽郁の気持ちが嬉しいのか、大人しくされるがままだ。

「えっと、これくらいですかね」

慈雨の頭に直接物差しは当てられないので、目分量で柱に印をつけている姿を見ていると、幼い頃母が自分に同じことをしてくれたのを思い出す。

結果的に自分を捨て、家を出ていった母だが、あの頃は確かに慈しんで育ててくれていたのだな、と今さら思う。

そういえば、慈雨が遊んでくれたのも、まだ年端もいかぬ頃だったと漠然と思い出す。

あれは、三、四歳くらいだっただろうか。

母が忙しくて一人の時、蒼一郎は裏庭の祠の前で遊ぶのが好きだった。

庭先でなら、一人で遊ぶのも許してもらえたのだ。

蟻(あり)の行列の後を追いかけたり、庭の木に遊びに来るリスや小鳥などを眺めていると、あっという間に時間が過ぎていく。

すると。

「蒼一郎、楽しいか？」

誰かに声をかけられ、ふと顔を上げると、目の前に一人の少年が立っていた。

小さかったので、顔もよく憶えていないが、十三、四歳くらいだったと思う。

「おにいちゃん、だぁれ？」

自分の名前も知っていたし、うちの庭にいるのだから、悪い人ではないだろうとなぜだか確信があって、相手が見たこともない着物姿だったことも気にならなかった。

「わしか？　わしはこの家を見守る存在じゃ」

彼の言っていることは難しくてよくわからなかったが、少年は草笛を吹いたり、地面に木の棒で絵を描いたりと蒼一郎が知らない遊びを教えてくれた。

不思議なことに、少年と一緒にいるとリスや雀たち小動物が寄ってきて、皆口々に「慈雨様」「慈雨様」と少年を慕っているようだった。

蒼一郎も慈雨と遊ぶのが楽しくて、よく祠の前まで行ったが、慈雨は毎回会ってくれるわけではなかった。

「本来人間にはわしの姿は見えぬものなのだが、小さい子どもの時分には一時的に見える者もおる。だが、大人にわしの話はするでないぞ？」

そう言われ、蒼一郎はその約束を守り、両親にも慈雨のことは話さなかった。

慈雨は自分だけの、秘密の友達にしておきたかったのかもしれない。

そして成長するにつれ、慈雨の姿は見えなくなり、いつしかその存在すら忘れ果てていた。

あの頃から、慈雨はずっと自分を見守り続けてくれたのだろうか？

その後の父母の離婚や、家族の不仲などをどう思っていたのだろうか？

「蒼一郎さん？　どうかしたんですか？」

「……いや、なんでもない」

いつになく感傷的な気分になり、蒼一郎は昔のことを思い出していた。

旧家ということもあり、藤ヶ谷家には蒼一郎が幼い頃は曾祖父、祖父などから代々受け継がれてきた、さまざまなしきたりや季節ごとのまつりごとがあり、母も本家の嫁として粛々とそれをこなしていた。

父と母は、家同士が決めた結婚だったという。

蒼一郎の目から見ても、父は寡黙でなにを考えているのかよくわからない人だった。

祖母は早くに他界したらしく、蒼一郎も写真でしか見たことがない。

おかげで、嫁姑の確執などはなかったものの、その分輪をかけて偏屈な祖父との同居は母には大変だったようだ。

こうした細かい積み重ねの結果か、はたまた仕事人間だった父との間になにか大きな諍いがあったのか定かではないが、母は蒼一郎が中学生の時、妹だけを連れてこの屋敷を出ていった。

『蒼一郎は藤ヶ谷家の跡取りだから、連れてはいけないの。ごめんね』

何度も何度も、そう謝りながら。

なぜ？　どうして？

家なんか継ぎたくない。

母と一緒に行けないなら、自分だって長男になんか生まれたくなかった。

母に捨てられたという思いを抱えたまま、蒼一郎は成長した。

高校を卒業すると、家を出るために反対する父を押し切り、奨学金とアルバイトで都内の大学へ進学を決め、一人暮らしを始めた。

バイトと学業の両立は大変ではあったが、初めて家から自由になれた解放感の方が大きかった。

数百年続く藤ヶ谷家の歴史なぞ、知ったことか。

このまま就職し、もう二度とこの家には戻らないつもりだった。

母が出ていった後の父は、今までと変わらないように見えたが、それでも親戚筋から後妻をもらうよう勧められても、頑として首を縦には振らなかったので、ひょっとしたら父は父なりに母のことを愛していたのではないかと思う。

そんな父も、五年ほど前に突然の事故で亡くなり、この屋敷には祖父一人となった。

その祖父も病でこの世を去り、この屋敷はぽろぽろと櫛(くし)の歯が欠けるように、あっという間に無人になってしまった。

家督がどうと騒いだところで、人は必ず死ぬ。

このまま結婚せず自分が一生を終われば、藤ヶ谷家の本家は自分の代で絶えるのだ。

その後のことは、分家が継ぐなりなんなり、好きにすればいいだろう。

祖父が亡くなった後、叔父の義之は蒼一郎に本家に戻るよう要求してきたが、蒼一郎はそれを無視し続けた。

この先、自分一人で生きていく。

それがなによりの、蒼一郎の望みなのだ。

妹からは、今も時折思い出したように連絡がくる。

母はその後外資系企業に勤める男性と再婚し、今は妹と共にロサンゼルスに海外移住しているらしい。

母と妹に対しては、今はもうなんの感慨もなく、元気でやってくれていればそれでいいと願っている。

だが、自分はもう家族はいらない。

家を存続させるための結婚など、赤の他人と気を遣いながら暮らすなど、まっぴら御免だった。

——確かに、そう思っていたはずなんだが……。

と、蒼一郎は楽しそうに身長を測っている芽郁と慈雨を眺める。

あれだけこの屋敷を避け、寄りつかなかった自分が、面識のなかった女性と一つ屋根の下で暮らすことになろうとは、いったい誰が想像できただろう?

人生とはまさに、今まで予測がつかないようなことが起きるものだなとしみじみ思った。

そして、いよいよ迎えた秋祭り当日。

芽郁と蒼一郎は朝からキッチンに立ち、けんちん汁作りを始める。

竜蔵が書き残した作法に従い、祠や神棚、仏壇などは前日までに綺麗に掃除を済ませ、祠にも新しいしめ縄を張っておいた。

氏神の神社の神主に祝詞を頼むと、『それはお若いのによい心がけですね』と快く引き受けてもらえた。

神主が来るのは夕方なので、それまでにお供えのご馳走を必死で作る。

何度か練習しておいた成果か、作業はスムーズに進み、お頭つきの焼いた鰯にけんちん汁、そして赤飯もうまい具合に炊きあがった。

それらを折敷と呼ばれる、神様にお供えを並べるお膳の上に並べ、祠の前に用意した。

神主が時間通りに到着し、祠の前で粛々と祝詞を上げてくれる。

蒼一郎と芽郁はその後ろで頭を垂れ、手を合わせた。

モナカもわかっているのか、まるで参列するかのように二人の脇に座り込んでいる。

――どうか、慈雨様の記憶が戻りますように……なんとか、私たちで慈雨様の本当の望みを叶えてあげられますように。そして……慈雨様が消滅しないで済みますように。

芽郁はただひたすら、そう祈る。

「秋祭りが廃れて、もう何十年になりますか……でもこうして今もきちんとお祀りしていただけて、屋敷神様もお喜びになられていると思います」

七十代と思しき神主は、恐らく秋祭りが行われていた当時のことをよく知っているのだろう。

彼に感慨深げにそう言ってもらえて、ほっとする。

念のため、蒼一郎が慈雨に関しての由来を知っているか尋ねてみたが、神主は詳しいことはなにも知らないようだった。

礼を言って神主を見送り、儀式は終了だ。

後はしきたり通り、大量に作った、慈雨に捧げた料理を家族で食べるだけだ。

慈雨にも、祠にお供えしたものとは別に盛りつけ、三人での夕食を迎えた。

「いただきます」

皆で手を合わせ、まずは朱塗りの椀によそったけんちん汁をいただく。

竜蔵の遺したレシピ通り、昆布と椎茸から丁寧に出汁を取り、蒟蒻や豆腐、ゴボウに大根、人参などの野菜を胡麻油で炒め、じっくり煮込んで作った。

熱々のところを一口啜ると、胡麻油の香ばしい香りが鼻に抜ける。

元々は精進料理なので、ともすればあっさりとしがちなところを、この胡麻油のコクが食べ応えを増してくれていた。

「はぁ……おいしい……」

思わず、声が漏れてしまうほどほっとする味だった。

「そなたたちが何度も『りはぁさる』してくれていただけあって、おいしいのう」

慈雨の言葉に、芽郁と蒼一郎は思わず顔を見合わせる。

「ご存じだったんですか？」

「わしに隠しごとは無駄じゃぞ？」

そう悪戯（いたずら）っぽく言って、慈雨は嬉しそうに小さな両手で椀を持ち、けんちん汁を味わっている。

「染み渡る味じゃの……懐かしく、そして美味いけんちん汁じゃ」

赤飯は蒼一郎が担当してくれたが、こちらも豆がふっくらと炊きあがり、ごま塩を振って食べると絶品だった。

慈雨が料理を食べ終えるのを待って、芽郁は恐る恐る尋ねる。

「どうですか？　慈雨様、なにか思い出せました？」

二人が固唾を呑んでそう問うが、慈雨はふるふると首を横に振る。

「せっかくじゃが、なにも思い出せぬ。すまないのう」

「そんな、いいんですよ。謝らないでください」

これも、駄目だったか。

廃れた祭りを復活させるというのはいいアイディアだと思ったのだが、また次の手を考えねば。

多少がっかりはしたものの、芽郁はまったくあきらめていなかった。

「気にかけてくれるのは嬉しいが、わしの記憶のことはもうよい。どうせ近いうちに消えてしまうのじゃからな」

「慈雨様……」

そう言われてしまうと、芽郁も蒼一郎もしんみりしてしまう。

「それより、そなたたちのことじゃ。わしも今の世のことは、芽郁が貸してくれた『たぶれっと』や『てれび』で学んだのじゃぞ？　現代が多様性の時代になったのは、実に喜ばしいことよ。籍を入れずともよい。そなたたちが愛し合ってさえいれば、それでいいのじゃから」

「何度も言いましたが、俺たちにはそんな気は毛頭ありません。いい加減あきらめてもらえませんか？」

辟易（へきえき）した様子で蒼一郎がそう抗議するが、慈雨は人の悪い笑みを浮かべる。

「自覚がないとは、相当に鈍いと見える。そなたたちは実に似合いの夫婦になるというのに。なに、わしに任せておけ。悪いようにはせんから」

「いや、だからそれが心配なんです！」

「ほっほっほ、蒼一郎は照れ屋じゃのう」

蒼一郎の必死の抵抗も空（むな）しく、食事を終えると慈雨はまた気ままに消えてしまう。

「……結局秋祭り復活作戦も駄目だったか……次はどうする？」

「そうですね……そしたら、モナカさんに賄賂作戦いきますか」

「賄賂……？」

そこで芽郁は、あらかじめ買っておいた缶詰を取り出す。

この日のために用意しておいた、とっておきの高級猫缶である。

「モナカさ～ん、今日はカリカリじゃないご馳走ですよ」

猫缶を皿に開けて出してやると、その匂いにつられてやってきたモナカは、自分の前に揃って正座している芽郁と蒼一郎を薄気味悪そうに眺める。

「なによ、二人して雁首（がんくび）揃えて。せっかくの猫缶、食べづらいんですけど？」

「モナカさんからも、なんとか慈雨様に口添えしてもらえませんか？」

「なにこれ、賄賂ってわけ？　なら、受け取れないと言いたいところだけど……まぁ、開けちゃったから食べるのアタシしかいないし。もったいないからいただくわよ？」

と、モナカは言い訳しながらおいしそうに猫缶をぱくつく。

「慈雨様が思い出せない望みはなんなのか、心当たりありますか？　そもそも、なぜ慈雨様は記憶を失ってしまったんでしょうか？」

「そんなの、アタシが知るわけないじゃない。アタシが慈雨様に導かれて竜蔵に拾われたのは、今から五年くらい前のことですもの。それより前のことなんか知るわけないし」

「……そうですか」

頼みの綱のモナカにそうあしらわれ、芽郁は落胆する。

慈雨の記憶喪失の原因をなんとかして突き止めたかったのだが、この分では難しそうだ。

――でも、五年前っていうと、蒼一郎さんのお父様が亡くなった頃だよね。

最後の家族を失い、竜蔵も寂しくて慈雨に導かれてここにやってきたモナカを飼うことにしたのだろうか？

「元々慈雨様は、人前にお姿を現すことはなかったのよ。竜蔵にだって、一度も見せたことなかったわ。お力を失って消滅する前に、藤ヶ谷家のためになにかご自分にできることをしたいとお考えなのよ。そんな慈雨様のお気持ちを尊重なさい」

「いや、それはわかるが……かといって結婚はまた別の話だろう」

と、蒼一郎。

「モナカさんは、慈雨様を救いたいとは思わないんですか？」

思い切って芽郁がそう問うと、モナカは初めて迷いを見せた。

「そんなの……お救いしたいわ。当たり前じゃないの。あの方は、アタシの命の恩人なの。慈雨様がここに導いてくださらなかったら、アタシはとっくの昔に野垂れ死にしてたはずだもの」

「だったら、私たちに協力してくださぃ。私たちもなんとかして、慈雨様が消滅せずに済む方法を探したいと思ってるんです」

真剣にそう頼むと、モナカは渋々頷く。

「しかたないわね、わかったわ。でもあんたたちと、馴れ合う気はないから！　アタシ、人間は嫌いなんですからね！」

と、しっかりツンデレるのは忘れないモナカなのであった。

第四章

餃子パーティは賑やかに

「蒼一郎さん、上の棚にホットプレートがしまってあったんですけど、使ってもいいですか？」

とある土曜日のこと。

朝からゴソゴソと母屋のキッチンの納戸を漁っていた芽郁が、やってきた蒼一郎に声をかける。

「ホットプレートなんかあったかな？　まぁ、あるものは好きに使ってくれてかまわない」

冷蔵庫からミネラルウオーターを取り出し、行こうとする蒼一郎に、芽郁がさらに続ける。

「あの、今日お時間ありますか？」

「え？　ああ、まぁ……」

今まで休日は都内で契約しているスポーツジムに通うことが多かったが、鎌倉からではなんとなく面倒で最近はすっかりご無沙汰だ。

そのせいで暇には暇だった蒼一郎だが、芽郁の意図がわからず、曖昧に返事をすると、彼女は少し遠慮がちに続ける。

「もし蒼一郎さんさえよかったら、その……付き合ってもらえませんか？」

すると、蒼一郎はたちまち挙動不審になった。

「え？　いや、急にどうしたんだ？　気が変わったのか？　しかし俺はきみの雇用主になるわけだし、それはセクハラになるのでは……」

「セクハラ？　いったいなんの話をしてるんですか？」

「へ？」

あっけに取られている蒼一郎を前に、芽郁はスーパーのちらしを差し出す。

「卵が特売で、一人一パック限定なんで、二パック欲しいんです！」

「……………もちろん、付き合うとも」

そんなわけで、蒼一郎の切ない勘違いをよそに、上機嫌の芽郁は彼を連れて近所のスーパーへ買い出しに行く。

外へ出ると、吹きつける風がだいぶ冷たくなってきていて、芽郁は思わず身震いする。

「いよいよ年末近くなってきて、慌ただしいですね」

十月にここへ越してきて、まだ三ヶ月足らずしか経っていないなんて、とても信じられない。

当初は予想もしていなかった、神様と雇い主との同居生活だったが、なんだかもう、ずっとここで暮らしているかのような錯覚に陥ってしまう。

「今日は挽肉（ひきにく）も特売なんですよ。餃子（ぎょうざ）の材料がめちゃ安なんで、今日の夕飯は餃子パーティしませんか？」

「べつに、そんなに節約しなくてもいいのに」

食費は蒼一郎が負担してくれているので、好きに使ってくれてかまわないと言いたげだったが、芽郁はわかってないなという顔をする。

「同じ食材が、日によって数十円違うんですよ？　そこはスーパーさんの心意気なわけです。それをありがたく享受させていただきつつ、メニューを考えるのが楽しいんじゃないですか」

「さっぱりわからん」

カートを押した蒼一郎を従え、芽郁はキャベツや豚挽肉などを次々カゴに入れていく。

餃子の皮は五十枚入りを三つも入れるのを見て、蒼一郎が驚いた。

「百五十個も作るのか？」

「多めに作って冷凍しておくと、すぐ焼けるから時間がない時便利なんですよ。今日は人手があるので、餃子包むのも楽ですしね」

と、にっこりされ、既に自分が餃子包み要員として確定しているのを察したが、蒼一郎は敢えて突っ込まなかった。

芽郁と暮らすうちに、ある程度のことはスルーできるスキルを身につけた彼である。

「たくさん作るから、変わり種餃子も作りましょうね。楽しいですよ」

慈雨様、喜んでくれますかね、と芽郁は笑う。

「……実家にいた頃は、よく母が作ってくれたんです。今は一人だから、なかなかやる機会がなかったんで、懐かしいかも」

その呟きで、蒼一郎は芽郁がなぜ楽しそうだったのか、その理由を知る。

彼女の母親は再婚し、芽郁はその義父と折り合いがよくないので家を出たと聞いていたから、本音ではやはり寂しいのかもしれない。

こうしてなにかのきっかけで、記憶というものは次々とよみがえるものだ。

己が何者だったのかも思い出せず、過去を失った慈雨はさぞつらいだろう。

幼い頃の自分と遊んだのは憶えているのだから、ここ数十年の記憶はあるようだが。

芽郁ほどはっきりと口には出さないが、蒼一郎もまた、慈雨の記憶を取り戻させてやりたいと願っていた。

「蒼一郎さん、ホットプレートにたこ焼きの型もセットであったんですけど、次はたこ焼きパーティもします？　きっと、慈雨様喜ぶと思うんで」

「いいぞ、なんでもきみの好きにじゃんじゃんやってくれ……！」

「？　ありがとうございます」

特売品を大量にゲットし、蒼一郎のおかげで無事卵も二パック買えた芽郁は、ホクホクで屋敷へ戻る。

「さて、始めますか！」

まずは餃子のタネ作りで、刻んだキャベツとネギに塩をして水気を絞り、豚挽肉に塩胡椒、みじん切りにした生姜とニンニク、酒、醤油、それにオイスターソースを隠し味に少し入れて、よく捏ねる。

その間に、蒼一郎は買ってきた食材を冷蔵庫にしまい、米を炊く準備をしてくれた。どちらもいちいち確認したりはしないのに、ごく自然に相手の邪魔にならないようになにが必要かを考え、行動する。

けんちん汁の特訓などを経たせいか、いつのまにかすっかり料理の分担がうまくなってきている二人である。

出来上がった餃子のタネを冷蔵庫で寝かせている間に、縁側でお茶の時間にすることにした。

「慈雨様、お茶の時間ですよ～」

芽郁が声をかけると、いつものように鈴の音が聞こえてきて、空中にポン、と慈雨が姿を現す。

「おお、今日は二人で夫婦のように仲睦まじゅう買い物に行って、夕餉の仕度をしておるのだな。よきかなよきかな」

「普通に買い出しに行って、普通に料理してるだけですっ」

「まぁそうムキになるでない。蒼一郎は照れ屋じゃのう」

慈雨にはなにを言っても暖簾に腕押しなので、既に達観した蒼一郎は虚無顔でお茶を煎れることに専念する。

「慈雨様、今日の晩ご飯は餃子パーティですよ。たくさん召し上がってくださいね」

「ほほう、それは楽しみじゃ」

お茶を飲みながら小一時間経つのを待ち、いい具合に寝かせた餃子のタネを取り出し、さっそく包み始める。

餃子の皮の上にスプーンで餡を乗せ、周囲を水で湿らせてから上手にヒダをつけて包む。

「なにやら面白そうじゃのう。わしにもやらせてくれ」

興味津々で芽郁の作業を観察していた慈雨が、そう言うとポン、と着物の袖をたすきがけしたお手伝いモードへと変化する。

「わぁ、助かります」

芽郁が懇切丁寧に教えてやると、慈雨は小さな手で器用に餃子を包んだ。

まずはノーマル餃子を大量に、三人で黙々と包む。

それを百個包み終えると、芽郁は「さて、次は変わり種餃子です」と冷蔵庫からキムチや納豆、チーズ、それにチョコやバナナを持ってきた。

「待て待て、なにやら餃子には不似合いなものが紛れてる気がするんだが？」

「慈雨様が甘いものがお好きなので、デザートにチョコバナナ餃子も作ろうと思って」

「チョコバナナ餃子……」

「チョコもバナナも大好物じゃ。楽しみじゃのう」

一人ビミョウな表情の蒼一郎を尻目に、芽郁は餡にキムチをのせたキムチ餃子、チーズ餃子などを次々と包んでいく。

「できましたね！」

五十個の変わり種餃子も包み終え、計百五十個の餃子がずらりと並ぶと、さすがに壮観だ。

多めに作った分はバットの上に打ち粉を敷き、餃子同士が重ならないように並べて冷凍庫へ入れる。

バラで冷凍できたら、後で大型の保存容器に移し替えればＯＫだ。

「今日はまず五十個焼きますね。変わり種餃子はランダムに入れておきます」

「ちょっと待て、それじゃどれかわからなくなるじゃないか」

「そこが面白いんじゃないですか。ちなみに一つだけワサビが入ったワサビ餃子を入れておいたので、それ引いた人は当たりです」

「ロシアンルーレット餃子じゃないか……普通、当たりというのはいいものを引いた時の表現だと思うが……」

「それは面白そうじゃのう」

「さぁ、餃子パーティ始めましょう！」

ぶつぶつ文句を言っている蒼一郎をよそに、芽郁は張り切って居間の座卓の上にホットプレートをセットする。

熱したプレートの上に胡麻油を敷き、次々と餃子を並べていく。

じゅっと音を立て、餃子の底に綺麗な焼き色がついたら、水を回し入れ、蓋をして蒸し焼きにする。

水分が飛ぶまで、よく焼いたら完成だ。

満を持して蓋を開けると、胡麻油の香ばしい匂いが室内に立ちこめた。

「これはおいしそうじゃ」

「うん、綺麗に焼けましたね。各種用意しましたので、つけダレはご自由にどうぞ」

卓上には多めの小皿と、酢、醤油、ラー油、胡椒など調味料をずらりと並べた。

ちなみに芽郁は、酢と醤油を半々、それにラー油を少し垂らしたものが好みだ。

「俺は最近同僚に教えてもらった酢胡椒にハマってるんだ」

と、蒼一郎は小皿にたっぷりと酢を注ぎ、それに大量の胡椒を振りかける。

「わ、それもおいしそうですね」

慈雨も食べてみたいというので、蒼一郎が二人の分も酢胡椒のタレを作ってくれた。

「いただきます！」

三人、手を合わせて挨拶し、芽郁は端の一つを箸で取り、小皿のタレにつけて熱々を口へ運んだ。

キャベツやネギの食感があり、あっさりしていて食べやすい。

野菜多めの餡にして、正解だった。

皮はモチモチで、こんがり焼けた部分とのハーモニーが絶妙だ。

初めての酢胡椒だったが、思いのほか胡椒が効いていて、さっぱりと食べられる。

「はぁ、おいしい〰〰。酢胡椒も合いますね！」

「うむ、美味じゃ」

ハフハフと熱そうに餃子を頬張り、慈雨がにっこりする。

その傍らでは、先にカリカリで食事を済ませたモナカがのんびり寛（くつろ）いでいた。

「うん、美味い……！」

蒼一郎は皮の上から中身を推察しようとしているのか、慎重に餃子を吟味しているので、芽郁は笑ってしまった。

「お、わしがチーズ餃子を引いたぞ。チーズのコクがあって、美味いのう」

「私はキムチ餃子でした。これもおいしいです」

「まだ誰も、チョコバナナ餃子とわさび餃子は引いてないのか」

「チョコバナナ餃子はハズレじゃないですってば」

などと、ワイワイしながら食べるのも楽しい。

結局、当たりのわさび餃子は蒼一郎が引き、その直後にチョコバナナ餃子を引き当てるというミラクルを起こす。

「やはりな、さすがは蒼一郎じゃ」

「ホント、いかにも蒼一郎って感じよね」

と、モナカ。

「一応雇用主なので、コメントは差し控えさせていただきます」

芽郁が真面目くさった顔でそう続けると、まだダブルでの衝撃から立ち直れない蒼一郎が低く呻く。

「……きみたち、後生だから俺をディスるなら、せめて本人のいないところでやってくれないか？」


芽郁が本格的にデザインの方の仕事をするのは、主に夕飯の後片づけが終わった後の夜だ。

藤ヶ谷邸はなにせ敷地が広いので、夜はかなり静かで作業がはかどる。

管理人の仕事をしつつも、コツコツと営業を続けていたので、少しずつではあるが仕事を回してもらえるようになってきた。

とはいえ、まだまだデザインの仕事一本で食べていけるようになるには心許ないので、今は地道に仕事先を新規開拓して頑張るしかない。

その晩もパソコンに向かって作業していると、ふいにスマホが鳴った。

見ると、母からだ。

——まずい、すっかり忘れてた……！

慈雨の記憶を取り戻すことに夢中で、母のことは頭から抜け落ちていたと青くなる。

唐突に鎌倉の古民家の管理人をしているなんて話したら、また考えなしに行動して、とお小言を喰らうのは確実なので、もちろんなにも話していない。

幸い、連絡はいつもスマホに来るので、大丈夫、バレないはずと自分に言い聞かせ、芽郁は電話に出る。

「はい」

『もしもし芽郁？　今どこ？』

「どこって、マンションだけど？　なにかあった？」

いかにも前の部屋にいる体を装いつつ、芽郁はそう問い返す。

『なにかって、就職活動どうなってるのか、ぜんぜん連絡よこさないんだもの。心配するじゃないの。ハローワークには通ってるの？』

どうやら母は、芽郁がまだ求職中だと思っているようだ。

「う、うん、真面目に探してはいるんだけど……なかなか条件の合う会社が見つからなくて」

と、咄嗟に嘘をついてしまう。

『ほら見なさい、だからちゃんと転職先を見つけてから前の会社を辞めるべきだったのよ。ホントにどうするの、もう』

「で、でもさ、フリーになってデザインの仕事も、ちょっとずつだけどもらえるようになってきたし！」

『そんなんじゃ、まだまだ食べていけないでしょう？　ちゃんとした会社に就職できないなら、やっぱりこないだのお見合い、してみたら？　あなたの年にしては、もったいないくらいの好条件の人なんだから』

母が心配してくれているのはわかっているが、今は慈雨様のことでそれどころではないので、こんな気持ちでお見合いしても相手にも失礼だ。

『芽郁？　聞いてるの？』

「う、うん、聞いてるよ。お見合いは、ホントいいから」

『まったくもう。あなたときたらいつもそうなんだから。だいたいね……』

「あ！　お風呂が沸いたみたい。それじゃまたね」

『芽郁？　ちょっと……』

母はまだまだお小言を言い足りないようだったが、咄嗟の小芝居をしてそそくさと電話を切り、ため息をつく。

――はぁ、私いったいなにやってんだろ……。

現在の仕事内容がお屋敷の管理人で、そこの屋敷神を救うことだなんて、母に話したところで到底信じてはもらえないだろう。

いずれはちゃんと話さなければと思いつつ、芽郁は気分が重かった。

すっかり集中力が途切れてしまったので、机を離れ、窓を開けて冷たい外の空気を吸い込み、深呼吸する。

ふと隣を見ると、母屋には灯りが点いていたので蒼一郎がまだ起きているのだとわかった。

同じ棟ではないにせよ、深夜に人がいるのはなんとなくほっとするなと思う。

古民家での一人暮らしを満喫したくてここへ来たはずなのに、いつのまにかすっかり蒼一郎や慈雨、モナカがいる生活に慣れてしまっている自分が少し不思議だ。

夕飯はしっかり食べたが、小腹が空いてきたので、軽くなにか食べようかなと考えるが、一人分作るのも面倒だ。

どうしよう、我慢しようかなとうだうだ悩んでいると、ふいにメールの着信があった。

見ると、蒼一郎からだ。

『今から、茶漬けを作る。食べるなら母屋キッチンに来られたし』

まるでサムライのようなメールに、つい噴き出してしまう。

しかし、実にナイスタイミングではないか。

恐らく、蒼一郎も離れの灯りが点いているのを見て、芽郁がまだ仕事をしているのがわかったのだろう。

『行きます！　食べます！』

そう返信し、芽郁は急いでパソコンを閉じ、まず離れのキッチンへ走った。

冷蔵庫の中に冷やしておいたビールを二缶手に持ち、渡り廊下へ向かう。

母屋のキッチンへ入ると、ラフな私服姿の蒼一郎が冷蔵庫の中身を物色していた。

「いただきます！」

「気が早いな。そんなに腹が空いてるのか？」

「いやぁ、夕飯はしっかり食べたんですけどね。あと、ちょっとだけ飲みません？」

と、持参してきたビールを一缶差し出す。

「よし、付き合おう」

話はあっという間にまとまり、蒼一郎がナッツやサラミ、それにあり合わせのクリームチーズを生ハムで巻いたつまみをさっと出してくれる。

「いただきます。……は〜〜おいしい」

酒に弱い芽郁だが、少しだけ飲みたい気分で、おいしいつまみでちびちびとビールを飲む。

そんな芽郁を、蒼一郎は向いの席でさりげなく観察している。

「……なにか、いやなことでもあったのか？」

「……ええ、まぁ。いやなことっていうか、自分の不甲斐なさに落ち込んだっていう表現の方が正しいと思いますけど」

と、少量のビールで酔いが回ってきた芽郁は、母にまだ管理人の仕事を始めたことを打ち明けられない事情を説明した。

「なにかっていうとすぐお見合いしろ、結婚しろって始まるんです。でも私も、いきなり会社を辞めちゃった引け目があるんで、なにも言い返せないんですよね。とにかく、女性は結婚が一番のしあわせなんだって価値観で生きてきた人なので」

「まぁ、俺たちの親世代では、それが一般的だったんだろうな」

「いや、不甲斐ない娘を心配してのことだって、わかってますよ？　わかってるんですけど……フリーのデザイナーになるって宣言したのに、なんでいきなり古民家の管理人なのって絶対突っ込まれますよ。あ〜〜どうしよう」

と、芽郁は両手で頭を抱えた。

「そうだ、慈雨様に相談してみたらどうだ？」

蒼一郎の提案に、ふるふると首を横に振る。

「駄目ですよ。これは私の試練なので、なにか困難にぶつかった時、慈雨様になんとかしてもらうんじゃなくて、自力でちゃんと切り抜けなくちゃ」

「そうか……きみは強いな」

「そうですよ。これくらいでないと、フリーランスなんかやってられないと思うんです。ってか、まだぜんぜんデザインのお仕事で食べていける状況じゃないんですけどね」

と、芽郁はわざとおどけてみせる。

——でも、今のってなんだか、家族みたいだな。

蒼一郎が、慈雨に相談したらと言った流れがとても自然で、そこに家族としての信頼を感じて、芽郁はなんとなく嬉しくなった。

が、そこでふと、蒼一郎が既に父親を亡くし、母親と妹とも離れ離れの生活を送っていることを思い出し、青くなる。

「す、すみません、私……蒼一郎さんの気持ちも考えずに、母の愚痴なんか言っちゃって……」

　家族を失った人からすれば、親の愚痴を言えるだけでうらやましいことなのかもしれないのに。

　無神経だったと謝ると、蒼一郎が苦笑する。

「そんな気を遣うな。だが、そうだな……俺は今までずっと気づかないふりをしてきたが、慈雨様と出会って、父や祖父や、家族を失う前にもっとちゃんと話をすればよかったと、今は後悔している。だからきみも後悔がないようにするといいと思う」

「蒼一郎さん……」

　慈雨との出会いは、蒼一郎にもなにがしかの変化をもたらしたのだろうか……？

「わかりました！　母にはいずれちゃんと話して、わかってもらうよう努力します」

「ああ、それがいい」

「あ～、でも蒼一郎さんに愚痴を聞いてもらって、スッキリしました！　ありがとうございます」

　実際、蒼一郎と話していたら、今までの重い気分はだいぶ軽くなっていた。

「そうなのか？　まだ問題はなにも解決してないが……」

と、蒼一郎は訝(いぶか)しげだ。

　男性は解決脳というのは、本当なんだなと芽郁は妙なところに感心する。

「話を聞いてもらえるだけで、いいんですよ。世の中、解決する悩みばっかりじゃないでしょ？」

「確かに、そうだな」

「蒼一郎さんも、なにか聞いてほしいことがあったら、遠慮なく言ってくださいね。愚痴なら、いくらでも聞きますんで！」

「そうだな、その時はよろしく頼む」

そこで、芽郁はふと思い出し、スマホを取り出す。

「そうだ！　もうすぐクリスマスですよね？　慈雨様、ローストチキンとか召し上がったことないと思うんで、私にもできそうなレシピ探してみたんですけど」

と、検索し、保存しておいた画面を蒼一郎に見せる。

「どれどれ……美味そうだな。いいんじゃないか？」

「母屋のオーブンなら丸鶏一羽丸ごと焼けるんで、挑戦してみましょうよ」

「そうだな。後はクリスマスケーキも予約するか？」

「ですよね！　イブにはチキンとケーキは外せないですよね！」

などと、しばしクリスマスの話題で盛り上がった。

そこでふと、二人は当初の目的を忘れかけていることに気づく。

――そうだ、最初は慈雨様の縁結びをなんとか回避したくて、始めたことだったはずなのに。

いつのまにか、慈雨の喜ぶ顔が見たくて一生懸命になっている。

それは、蒼一郎も同じようだった。

「ま、まぁなんだ。最近慈雨様が縁結びの話をする回数は減っている気がするから……いや、しないか。でも、おいしいもの作戦は一定の効果があるんじゃないか、うん」

「で、ですよね」

なんとなく気まずくなってきたので、芽郁は話題を変える。

「ところで、シメのお茶漬けの具はなんですか？」

「……けっこうつまんだのに、まだ食べるのか？　きみと暮らし始めて、ウェイトコントロールが難しくなったぞ」

「人のせいにしないでください」

少しだけ飲んだせいか、はたまた蒼一郎に愚痴を聞いてもらったせいか、ぐっすり眠れた芽郁は翌朝爽やかな目覚めを迎えることができた。

一晩寝ると、諸々なんとかなるような気がしてくるから不思議だ。

母には近いうちに、ちゃんと話そうと考える。

今日は朝食当番なので、急いで着替えてキッチンへ向かう途中、優雅な足取りで廊下を歩くモナカと鉢合わせた。

「あ、おはようございます、モナカさん」

「あんたたち、二人で夜中にゴソゴソやってたわね。なにしてたのよ？」

「いえ、ちょっと飲んでお茶漬け食べてただけですよ？」

なにげなく、そう答えると、ちょうど母屋からワイシャツにネクタイという出勤姿で蒼一郎が廊下を渡ってくる。

「おはようございます」

「おはよう。なんの話だ？」

「いえ、ゆうべお茶漬け食べたって話を……」

そこまで言いかけた、その時。

「なんじゃ、そなたたちは本当に色気がないのう。それが夜中に、年頃の男女のすることか？」

「わっ！　慈雨様⁉　びっくりした……っ」

いきなり背後に慈雨が現れたので、芽郁は飛び上がらんばかりに驚いた。

「なんのかんの言って、同居して共に過ごす時間が増えれば、なるようになると思っとったんじゃがなぁ……そなたたちは本当にどちらも草食で困るわい」

「だから言ったじゃないですか。私たち、筋金入りのおひとりさま同士なんですから。自慢じゃないけど、ちょっとやそっとじゃ恋愛脳には傾きませんからね？」

「いや、その言い方には語弊があるだろう。俺は決してモテないわけではないが、結婚する気がないだけだ」

一緒にされては困るとばかりに蒼一郎が口を挟んできたので、芽郁と慈雨、そしてモナカが物言いたげな視線を一斉に彼に向ける。

「そなたが結婚できんのは、そういうとこじゃぞ、蒼一郎」

と、慈雨が呟き、

「さすが蒼一郎、空気読めないにもほどがあるわね」

と、モナカがのたまう。

「ですから、結婚できないんじゃなくて、しないだけだと……」

すると、そこで奇妙な笑顔を顔に貼りつけた芽郁が割って入った。

「ちょっと失礼。俺は、って限定してるとこをみると、私はモテないから結婚できないって思ってるってことですかね？　そういう認識でよろしいですか？」

「い、いや、決してそういうわけでは……」

笑顔で詰め寄る芽郁に、蒼一郎が恐れをなしていると、なぜかモナカが意味深な笑みを浮かべる。

「相変わらず素直じゃないわね、蒼一郎。アタシ、知ってるのよ？　あんた、帰ってきてちょっと芽郁が買い物に行ったりして姿が見えないと、まだ帰ってこないかって、何度も離れの方に様子を見にきたりしてるわよね？」

「え、そうだったんですか？」

思ってもみなかったので、芽郁も驚く。

すると、蒼一郎はたちまち挙動不審に陥った。

「そ、それは……いつもいるのに姿が見えなければ、気になるだろう！　俺には雇用主として、川嶋くんの身の安全を保証する義務がある。なにかあったら、こちらの責任問題になるからな。それだけだっ」

彼の言葉を、芽郁は額面通りに受け取り、悪いことをしたなと考える。

「心配をおかけしてすみません。出かける時は、なるべく夜遅くならないようにしますね」

「わ、わかっていればそれでいいっ。今日はもう出勤する……！」

「え、こんなに早く？　朝ご飯は？」

「俺の分はいい。行ってきます！」

モナカに暴露され、相当バツが悪かったのか、蒼一郎はそのままそそくさと出勤していってしまったのだった。

「行っちゃった……もう、なんなんでしょうね、蒼一郎さんったら」

わけがわからず首を傾げる芽郁に、モナカが日向ぼっこをするために縁側へ移動するのを見送った慈雨が声をかける。

「芽郁や」

「はい？」

「そなたたちが、わしのためにいろいろと心を砕いてくれているのはすべて知っておる。じゃがな、本当にもういいのじゃ。わしは記憶を取り戻すことよりも延命よりも、残された時間をそなたたちと楽しく暮らしたい」

「慈雨様……」

そうか、今までだって秋祭りの復活や、記憶を取り戻すためのメニューをあれこれ考えたりしていたのも、慈雨はすべてお見通しだった。

神様に隠しごとなんて、最初から無理だったのかもしれない。

「蒼一郎にも、後で伝えておいておくれ」

そう言い残すと、慈雨はふっと消えてしまった。

一人廊下に残された芽郁は、呟く。

「……それでも、最後まであきらめたくないんです」

最初は、自分たちの縁結びをなんとかして回避するための作戦だった。
けれど今はそんなことは置いておいて、なんとかして慈雨を救いたいと願っている。
当人が望んでいないのに、それはただの自己満足なのかもしれない。
だが、芽郁はまだ白旗は掲げたくなかった。
それはきっと、蒼一郎も同じ気持ちだと思った。

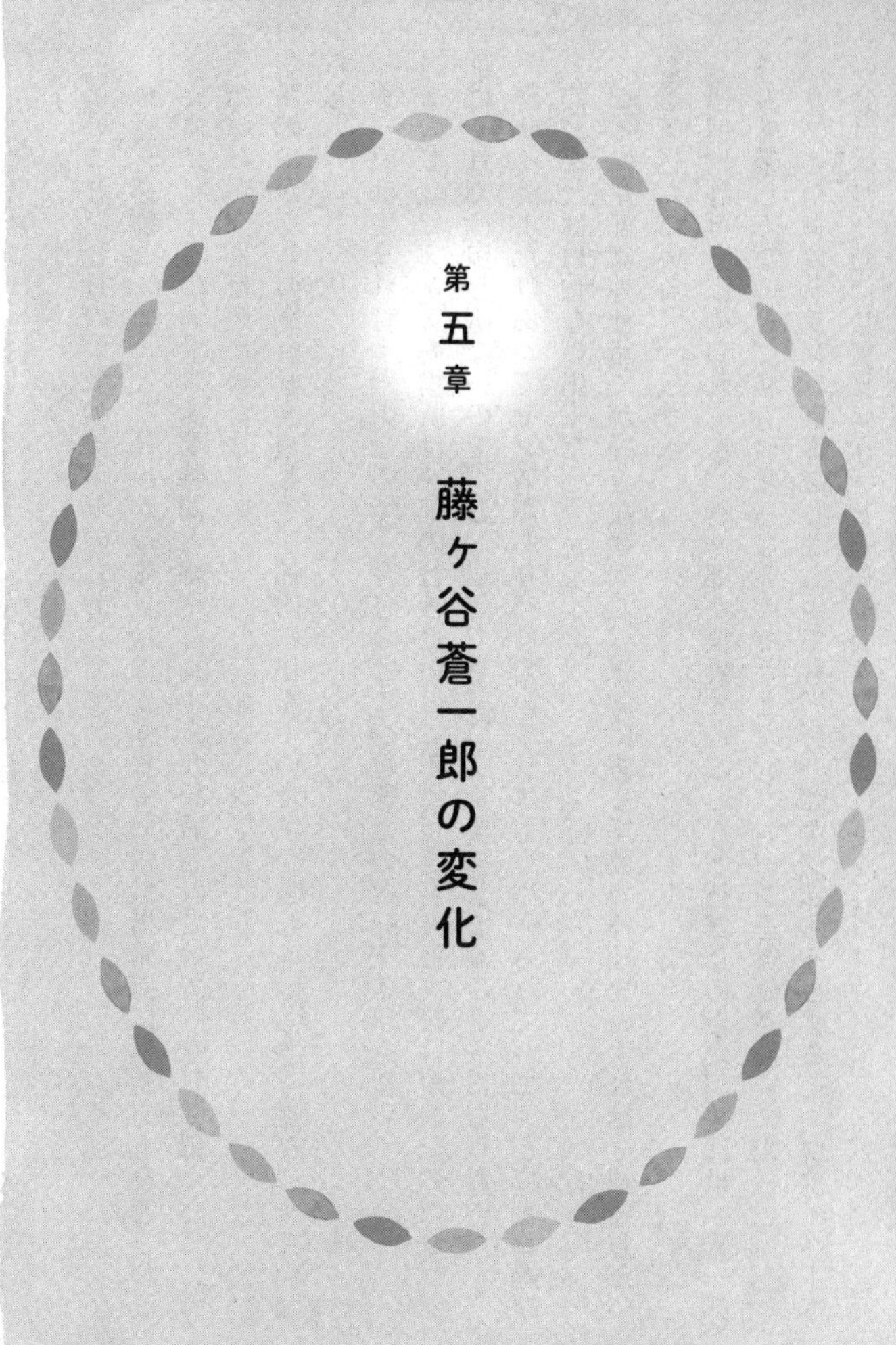

第五章 藤ヶ谷蒼一郎の変化

「はいこれ、今日のお散歩デートのしおりです」

最近、芽郁と『でぇと』に出かける日は、こうしていつも出発前にプリントを渡される。それには本日のお散歩所要時間と綿密なルートが記載されていて、今日芽郁がどこに行きたいのか一目瞭然だった。

芽郁はかなりの鎌倉好きらしく、都内に住んでいた頃からしょっちゅう遊びに来ていたらしい。

蒼一郎は生まれ育った街なので、今さらどこへ行きたいという希望もない。なので『でぇと』の場所は芽郁の行きたいところに付き合うと丸投げだったのだが、芽郁はそれでは申し訳ないので、とこうして事前にプレゼンしてくるようになったのだ。デザイナーだけあってセンスがあり、可愛いイラストも添えられていて、とてもお遊びで作ったとは思えない出来だ。

ことに芽郁は神社詣でが好きなようで、鎌倉にある無数の神社をいずれは全制覇したいと意気込んでいる。

事前に許可を求められても、蒼一郎が反対することなど皆無なのだが、芽郁は「蒼一郎さんも楽しくないと、私もつまらないので」と毎回プレゼンを欠かさないのだ。

カフェやレストランへ寄ることがあっても、蒼一郎が支払おうとすると「プライベートの会計は割り勘にしましょう」と譲らない。

こういうところが、芽郁は極めて公平であろうとするタイプなのだな、と感心する。

蒼一郎のスペックとルックスでは、いやらしい話だが、こちらが積極的でなくても女性の方からぐいぐい来られることはそれなりにあった。

だが、いざ一緒に出かけても、自分がどうもてなしてもらうかばかりを査定していたり、食事をご馳走してもらっても当然とばかりに礼すら言われないことも多かったので、芽郁の対応は新鮮だった。

雇用関係にはあるものの、芽郁はなるべく対等でいたいと思っているのかもしれない。

――当たり前か。いくら慈雨様に縁結びされそうになっているとしても、お互い本意じゃないんだから。

本心では、こうして無愛想な自分と毎週『でぇと』させられるのは迷惑なんだろうな、と思いつつ、隣を歩く芽郁の様子を窺うが、薄手のダウンジャケットの上に斜めがけのバッグ、デニムにスニーカーという軽装の芽郁は鼻歌を歌っている。

「歩いてこの道を通って、このお店に寄ってってルートを考えるのって、すごく楽しいんですよ。本当に鎌倉はいいところですね」

と、彼女はこの『お散歩でぇと』を楽しんでいるように見える。

「ここの神社に寄るなら、こっちの裏道へ入った方が人も少ないし早いぞ」

「本当ですか？　さすが地元民！」

蒼一郎は、足が長いせいか歩く速度も速い。

最初はぎくしゃくとして、ややぎこちなかった二人歩きだったが、最近ようやく芽郁の歩幅に合わせて歩くのにも慣れてきた。

これくらいのゆったりした速度で街を歩くと、今まで見落としていたいろいろなものが見えてくる。

擦れ違った散歩中の犬が、とても可愛かったとか、先月までは雑貨店だったところが飲食店に変わっていたりとか。

そう考えると、無駄を嫌い排除してきた自分は、ずいぶんとたくさんの周囲の変化に気づかず見逃してきてしまったのかもしれない。

土日は観光客が多いので、まずバスに乗って駅から遠い神社を出発地点とし、歩いていくつかの神社をハシゴして、お参りする。

そこでも、慈雨が消えずに済むようにと二人で祈った。

ルート通り進みつつ、小一時間かけて駅周辺まで戻ってくる。

「わぁ、いい匂い」

芽郁の独り言に、ふと気づくと、確かに甘いクリームのような香りがしてきて、蒼一郎は、一軒の洋菓子店の前でふと足を止める。

――この店、まだ営業してたのか。

確か、昭和の初めからの老舗と聞いているので、創業百年近くになるだろう。

蒼一郎が小学生の頃、母がこの店のショートケーキが好きでよく連れてこられたものだ。

「蒼一郎さん、このお店に寄りたいんですか？」

すると芽郁がそう聞いてきたので、蒼一郎は迷った。

「ああ、いや……」

いい、と言いかけ、また踏み止まる。

そして、「……この店は焼き菓子とショートケーキが美味い。明日のお茶請けに、慈雨様に買っていくか？」と尋ねた。

もちろん芽郁は大賛成で、二人で中へ入る。

店内はリフォームしたらしく、昔とはだいぶ様変わりしていたが、ショーケースに並んでいるケーキ類には見覚えがあった。

子どもの頃は母と訪れるといつもワクワクしながら、その日買うケーキを吟味したものだ。

「いらっしゃいませ」

すると、奥から七十代前半と思しき男性が出てくる。

恐らく先代だろう、当時より白髪が増えているが、その顔にも見覚えがあった。

すると、先方も同じことを思ったのか、眼鏡をかけ直しながら、じっと蒼一郎の顔を見つめてくる。

なので、「ご無沙汰してます、藤ヶ谷です」と先に挨拶した。

「ああ、やっぱり！　藤ヶ谷の坊ちゃんだったんですね。ご立派になられて。よくいらしてくださいました。ショートケーキはまだお好きですか？」

常連客だったので、先代は蒼一郎の好物を憶えてくれていた。

もう二十年以上前のことなのに、と少し感動してしまう。

「はい、好きです」

芽郁に、好きなものを選ぶといいと声をかけると、彼女は「迷っちゃうなぁ」と嬉しい悲鳴を上げつつ、真剣にケーキを眺めている。

その姿に、子どもの頃の自分の姿が重なって見えて、蒼一郎は微笑んだ。

結局、蒼一郎お勧めのショートケーキを三つと、モンブラン、それにバームクーヘンなどの焼き菓子もあれこれ注文する。

それらを箱に詰めながら、先代は嬉しそうに言った。

「店を長くやっていて、なにが嬉しいって、こうして子どもの頃来てくれたお客さんが成長して、また自分のご家族を連れてきてくださることなんですよ」

この店なら、三世代で常連という客も多いだろう。

彼の気持ちが、なんとなくわかるような気がし、また芽郁を妻と誤解されていたが、蒼一郎はいちいち否定はしなかった。

会計を終え、出ていきかけて、蒼一郎は少し迷った末に思い切って口を開く。

「あの、クリスマスケーキの予約も、お願いできますか?」

「ええ、もちろんです」

予約の手続を済ませ、先代に見送られながら、ケーキを提げて店を後にする。

「このお店、蒼一郎さんの思い出のお店だったんですね」

芽郁に言われ、蒼一郎は曖昧に頷く。

「そう……なのかな。母が好きで、子どもの頃よく一緒に買いに来ていた。俺と妹の誕生日には、毎年ここで苺のホールケーキを注文していたんだ」

「そうだったんですか、素敵な思い出ですね」

そうだ。

こうして故郷を歩くと、懐かしい店の前を通りかかったり、古い知り合いに道で出くわしたりするのが少し怖かったのかもしれない、と蒼一郎は気づく。

だが、自分が恐れていたようなことはなにも起こらない。

それは隣に芽郁がいてくれるからかもしれないな、とも思った。

「クリスマスケーキの予約もできて、よかったですね」

「ああ」

『お散歩でぇと』のシメには、芽郁の希望で大抵鎌倉野菜の直売所に寄り、あれこれ買い込み、蒼一郎が荷物持ちになる。

重いので、寄るのは一番最後だ。

鎌倉野菜とは、主に鎌倉市西部で育てられた野菜のことを指す。

無農薬や減農薬にこだわっている農家が多く、健康にもいいとされているので人気だ。

さまざまな種類の野菜があり、カラフルなものも多いので見栄えもよい。

鎌倉野菜は地産地消が基本なので、スーパーなどでは入手しにくいのだ。

「いらっしゃい、今日はいいコリンキーがあるよ」

よく買いに来ているせいか、芽郁は売り場の中年女性に顔を憶えられているようだ。

見慣れない野菜だが、コリンキーとはかぼちゃの一種らしい。

「わ、おいしそうですね。お勧めの食べ方はなんですか?」

「皮ごと生で食べられるから、サラダにするとおいしいわよ。後は浅漬けね」

品質にこだわりがある上、採れたてで新鮮なせいか、鎌倉野菜は素材そのものを生かす調理法が多いようだ。

芽郁は真剣に吟味し、今日はお勧めのコリンキーと白ナス、冬が旬である紫大根や紅大根などを買った。

どうやらお勧め通り、カラフルなサラダを作るつもりらしい。

「慈雨様、最近お肉ばかりで野菜はあんまり食べてくれないんですよね。神様だから栄養とか気にしなくていいとは思うんですけど、鎌倉野菜ならカラフルで綺麗だから、食べてもらえるんじゃないかと思って」

芽郁が慈雨のために、あれこれと心配りしているのが伝わってきて、蒼一郎も微笑んだ。

「こんなに綺麗なサラダなら、きっと慈雨様も喜んでくれるさ」

「だといいんですけど」

「余ったらピクルスも作るか。慈雨様はけっこう酸っぱいものもお好きだから」

「あ、いいですね、それ」

そんな話をしながら、エコバッグに入れた野菜を下げてテクテクと歩く。

そして、二人とも結婚もしていないのに、なんだか野菜嫌いの子どもの育て方に悩む親みたいだな、とおかしくなった。

芽郁のしおり通りに、あちこちぶらぶら歩き、最後に直売所の野菜を買い込んだので、予定通り家路に着く。

古民家に住みたがるだけあって、芽郁は家を見るのが好きらしく、散歩で通る度にあちこちお気に入りの家が増えていく。

その都度、この家のどこが素晴らしいかを延々と聞かされるので、蒼一郎もすっかり憶えてしまった。

その日の帰り道に通りかかったのは、芽郁が庭をとても気に入っている一軒家だ。

生け垣にはこの時期みごとなサザンカが咲いていて、道ゆく人々の目を楽しませてくれている。

「わぁ、今日も綺麗ですね」

二人が通りかかると、ちょうど植木の水やりに来たのか、老婦人がジョウロを片手に庭に出てきた。

蒼一郎はそのまま行き過ぎようとしたが、芽郁が屈託なく声をかける。

「素敵なお庭ですね。見せていただいてもいいですか？」

「あら、ご近所さん？」

「はい、いつも通る度に、素敵なお庭だなって思って見させていただいてます」

すると水やりの手を止め、老婦人はなぜか蒼一郎の顔をじっと見つめている。

「もしかして、あなた藤ヶ谷さんとこの蒼一郎さんじゃない？」

「はい、そうですが……」

蒼一郎には老婦人の顔にまったく見覚えがなかったが、先方は自分のことをよく知っているようだ。

「まぁまぁ、大きくなって！　私ね、神社の氏子会で竜蔵さんと一緒に活動していたのよ。竜蔵さん、よくあなたの写真、皆に見せては孫自慢してたのよ？」

「祖父が、ですか……?」

「そう、よほど自慢のお孫さんなのねって、皆でからかったりしたものよ。まだまだお元気だったのに、本当に残念だったわね」

と、老婦人は祖父と親しかったのか、彼が亡くなったことを知っていてお悔やみを言ってくれた。

「そうそう、そういえば虫が知らせたのかしらねぇ。亡くなる少し前に、ご自分が死んだ後のことをとても気にしてらして、『どうせ自分がいなくなったらなにもかも処分されてしまうから、今のうちに蔵に眠っている貴重な文献や資料を郷土資料館に寄付してきたんだ』って言ってたわ」

「郷土資料館……」

どうりで、蔵には慈雨に関するめぼしい資料が残っていなかったはずだ。

芽郁と蒼一郎は、思わず顔を見合わせる。

そこに行けば、慈雨様の由来がわかるかもしれない……!

「教えてくださって、ありがとうございます! 郷土資料館、今から行ってみます!」

「え? ええ……気をつけてね。少し遠いわよ」

と、芽郁の興奮ぶりにあっけに取られながらも、老婦人は親切にも道順まで教えてくれた。

芽郁が彼女に話しかけなかったら、永遠に知らないままだったかもしれない。

そう考えると、人との縁というのは不思議なものだと蒼一郎はつくづく思った。

二人はいったん荷物を屋敷に置きに戻り、野菜やケーキを冷蔵庫に入れると、そのまままた駅前まで取って返し、バスに乗って教えてもらった郷土資料館へと急ぐ。

ところが。

「え〰〰？　補修工事中？」

なんと、郷土資料館は現在外壁の補修工事中で、来年の年明けまで休館の張り紙が出ていたので、二人はがっかりした。

「しかたない、来年まで待ってまた来てみよう」

「そうですね……」

これで、慈雨を救う手がかりがなにか摑めるかもしれないと期待していただけに、彼らの落胆は大きかった。

第六章

年越し蕎麦と好きなものだけおせち

「私、自信はないんですけど、今年はおせち作りにチャレンジしようかと思ってるんです」

「急にどうした？　改まって」

クリスマスも終わり、街のムードが一気に年末年始の雰囲気に変わってきた頃。

その日の夕食の席でそう切り出すと、蒼一郎が訝しげな表情になる。

「おせちなんて買うものなんじゃないのか？　うちは俺が子どもの頃から、毎年料亭で特別に作ってもらっていたぞ？」

「はい、悪気のないセレブ自慢ありがとうございます。でもそれって数万とかすごく高いでしょう？　自分で作ればもっと安くできるし、それに誰も好きな人がいないものも入ってるじゃないですか。それなら皆の好みの、好きなものばっかり選んだおせちを作ったらいいんじゃないかって思って」

そう提案しつつ、芽郁もおせちを作るのは初めてのことだ。

正月には毎年実家に帰省し、おせちを振る舞われるが、芽郁の母もおせちは買うものと思っている人で、同居している頃も一緒に作ったりはしなかった。

ちなみに、まだ本当のことが打ち明けられていないので、今年の正月は仕事の営業で忙しいからと誤魔化し、帰省しないことになっている。

なにより、慈雨と過ごせる時間が、あとどれくらいあるのかわからない。

残された貴重な時間なので、今年は慈雨たちと正月を過ごしたかったのだ。

クリスマスは、特になにをするわけでもなかったが、イブに蒼一郎と二人でローストチキンを焼き、みごとに成功した。

初めて作ったにしては上出来で、皮はパリパリで身はしっとりとして、なかなかの仕上がりだった。

腹の部分には刻んだ人参や玉葱などの野菜を詰め、下ごしらえでニンニクと黒胡椒を多めに鶏肉に擦り込んでおいたので、ガツンとパンチのある味つけに慈雨が大喜びだった。

クリスマスケーキは、蒼一郎が幼い頃常連だったあの店に予約した、大粒の苺が載ったホールケーキを皆で食べた。

今回は、慈雨が懐かしがって過去を思い出すヒントになればと思い、昔ながらの正統派のおせちにしようかとも考えたのだが、彼がそれよりも、残された時間を自分たちと楽しく過ごすことを望んでいるので、その気持ちを尊重し、こちらも『楽しい』を優先させることにしたのだ。

――でも、ぜんぜん慈雨様を救うこと、あきらめたわけじゃないけどね！

いずれにせよ、慈雨が後悔のないように手助けしたかった。

「もちろん、調理が難しい料理は、最初から既製品買ってきて詰めるとかになっちゃいますけど、どうですか？」

「いいんじゃないか？　きみの好きにするといい。費用は心配するな」

と、蒼一郎。

「スポンサー様、ありがとうございます！」

蒼一郎のお墨つきをもらえれば、百人力だ。

「というわけで、皆さん、入れてほしいおせちの料理をリクエストしてください」

と、芽郁は愛用のノートを取り出してメモを取る。

「縁起物だから、伊勢エビは外せないだろう。そう好物というわけでもないが」

と、蒼一郎。

「わしはそなたたちが作ってくれるものなら、なんでも嬉しいが……そうじゃな、甘く煮た黒豆が久しぶりに食べたいのう。あと、栗きんとん！」

夕食後のおせち会議で、とりあえず伊勢エビや黒豆、ローストビーフに栗きんとんなどが次々候補に挙がる。

定番だが、伊達巻き(だてまき)や錦糸卵も忘れてはならない。

「和洋折衷もいいですよね、テリーヌとか」

「テリーヌとはなんじゃ？」

不思議そうな慈雨に、スマホで検索したテリーヌの画像を見せると、食べてみたいと乗り気なので、それも採用となる。

「わ～、好きなものだらけのおせちですよ。なんだかワクワクしますね！」

ローストビーフは蒼一郎が何度か作ったことがあるというので、お任せすることにする。

「そうだ、確か納戸に重箱があるはずだ」

「お借りしていいですか？　やった！」

さっそく蒼一郎と納戸を漁ってみると、彼の記憶通り立派な朱塗りの三段重と、正月のお屠蘇を飲む酒器など一式が出てきた。

「わ、どれもすごくいいお品ばかりですね。さすが旧家」

「俺はもうずっと正月に帰省することもなかったから、祖父がどんな正月を送っていたか知らないがな」

「じゃ、蒼一郎さん、お正月休みはいつもどうしてたんですか？」

「だいたい海外旅行か、さもなければ温泉でのんびりかスキーだな」

「はい、再び悪気ないセレブ情報、おなかいっぱいです」

「別に自慢じゃないぞ？　そっちが聞くから事実を話しただけだろう」

またいつものようにモメていると、モナカがやってきて、物憂げな顔をする。

「……竜蔵は誰も来ないのに、毎年四、五人用のおせちを取り寄せて、それを肴にちびちび飲んでたわ。確か、田作りが好きだったみたい。家族なんて煩わしいだけだって二言目には言ってたけど、ホントは蒼一郎、あんたが帰ってくるのをずっと待ってたんじゃないかしら」

「そうだったのか……そんなこと、祖父は一言も……」

　蒼一郎が独り言のように呟き、なんとなくその場の空気がしんみりして、芽郁は慌ててとりなす。

「そ、そしたら竜蔵さんのために田作りも入れましょうね。喜んでくださるかもしれないから、仏壇にお供えしましょう」

　そうして、芽郁はおせちのメンバーに田作りを加えたのだった。

「蒼一郎さん、大手企業にお勤めだから、お正月休みは長いんですよね？　ね？」

「………言いたいことは伝わってくるぞ。大掃除手伝えって圧をかけるな」

「えへへ」

「大掃除なんか、業者に頼めば済むことじゃないか」

「いやぁ、曲がりなりにもこのお屋敷の管理でお給料をいただいてる身としては、自分でやりませんと」

「雇用主を付き合わせて、こき使うのはいいのか？」

「え？　なにか言いました？」

こういう時の芽郁に逆らうのは、得策ではない。

最近の経験でそれをよく知る蒼一郎は、「いや、なんでもない」とふるふると首を横に振った。

「それに、こうして毎日雨風しのがせてもらってるわけですし、このお屋敷に一年のお礼をしませんと」

と、また頭にバンダナをかぶり、マスクにエプロン、ゴム手袋と完全装備の芽郁は、居間の欄間にはたきをかける。

「……そんな風に考えたことはなかった。きみはときどき、年配者のようなことを言うな」

「え、それ私が老けてるってディスってます⁉」

二人がバタバタとうるさいので、モナカは早々に庭へ避難してしまった。

「窓ガラスは水で濡らした新聞紙で拭くと、綺麗になるんですよ。雑巾と違って、終わったらそのまま捨てられるので便利だし」

「なるほど」

なんのかんの言いつつも、蒼一郎は年末の大掃除やおせち作りにも協力してくれた。

二、三日かけて母屋と離れの窓拭きや換気扇など、細かいところの掃除を終え、十二月三十日には神棚や仏壇に新年の飾りをつける。

もちろん、庭の慈雨の祠にもつけ、二人で手を合わせた。

最初に渡されたマニュアルに書かれていたのだが、正月飾りは大晦日に飾ると一夜飾りと言われ、縁起が悪いとされているらしい。

二十九日に飾るのも「苦がつく」と言われ、三十日にするものだとあったので、その日までに準備を済ませ、正月に飾る花なども用意した。

蒼一郎も、こうした仕度をするのは初めての経験らしく、二人で竜蔵が遺したマニュアルを見ながら一つ一つこなしていく。

そして、ついに迎えた大晦日。

日本庭園も業者に手入れしてもらったし、屋敷内はどこもピカピカで、清々しい気分で新年を迎えられそうだ。

「はぁ、いろいろやること多くて大変でしたけど、なんとか間に合いましたね」

「後はおせちだな」

二人は昼過ぎからエプロンをつけ、母屋のキッチンに立つ。

「……そういえば、俺が子どもの頃は、毎年母が正月の仕度をしていた。とにかく来客が多かったからな。おせちを外注しても、結局あれこれ料理を作らされていて、ずっとキッチンに立つ後ろ姿を見ていた気がする」

「そうなんですか。こういう旧家に嫁ぐと、お母様は大変だったでしょうね」

芽郁のなにげない感想は、蒼一郎の心に響いた。

「それに竜蔵さんも、あんなマニュアルを遺していかれたくらいだから、お一人になられてからも、ずっとこういう仕度を全部こなされてたんでしょうね。すごいと思います」

芽郁に言われるまで、母や祖父の気持ちなど考えたこともなかった。

親の決めた結婚で好きでもない父のところへ嫁がされ、旧家の嫁としての重圧に耐え続けた、母。

早くに連れ合いを亡くし、息子たちや孫から疎まれ、たった一人でこの屋敷を守り続けた、祖父。

そして、彼らの気持ちなど顧みることもなく、ただ実家を忌み嫌い、避け続けてきた自分が、今こうして彼らと同じことを初めて体験している。

蒼一郎は改めて、己の視野の狭さを恥じた。

それを気づかせてくれたのは、芽郁だ。

成長してからは家族としてこなかった、こうした年中行事を、今彼女と一緒にこなしている。

それはまるで、過去への後悔からやり直しているかのようだ。

初めて会った時は、なんて変わった娘なんだろうと思っていた彼女が、こうして共に過ごすうちに、次第に大切な存在に変わっていったことを感じ、蒼一郎はじっと芽郁を見つめる。

「？　なんですか？」

包丁で栗の皮を剝いていた芽郁が、その視線に気づき、聞いてくるので、動揺してしまう。

「いや……なんというか、きみはいろいろとすごいな」

「え？　私今、褒められてます⁉」

それからちょこちょこと休憩を取りつつ、栗を煮たり、煮豆の様子を見たりしながら次々料理を進めていく。

なんだかんだで軽めの夕食を済ませ、盛りつけのラストスパートだ。

本来、一の重には、前菜的なものを。

二の重には、メインと酢の物。

そして三の重には煮物や筑前煮を入れるらしい。

「でも、今回は好きなものだけおせちなんで、ルール無視でもいいですかね？」

「自己流でいいだろう」

それでも、用意しておいたすだちや飾り葉などを使い、少しでも色合いが綺麗になるように考えて詰めていく。

「おせち作り初めて同士でも、なんとか形になってきましたね」

なにせ、蒼一郎の家の納戸には九谷焼や有田焼など、最高級品の食器が山ほど眠っていたので、色とりどりの小鉢に料理をよそって重箱に入れるだけで見栄えがする。

こうして、色の配分などを考慮しながら、ちまちまと料理を詰めていくと、次第におせちらしくなってきた。

そして。

「できた……‼」

みごとな朱塗りの三段重には、慈雨のリクエストの伊達巻きや栗きんとん、黒豆煮などが一の重に、芽郁が作った紅白なますと竜蔵に供えるための田作り、それに主役の伊勢エビが二の重の真ん中を占め、そして定番の蒲鉾（かまぼこ）や煮物等は今回は省略し、蒼一郎自家製ローストビーフと豚の角煮、それに市販の鴨肉（かもにく）のスモーク、カラフルな野菜のテリーヌなどを三の重にびっしり詰める。

これはお肉がマイブームな慈雨のための、肉マシマシおせちなのだ。

「初めてにしては、上出来じゃないですか？」

「ああ、既製品も多いが、重箱に詰めるとけっこうそれらしくなったな」

と、二人は互いの健闘を称え合う。

「どうします？　慈雨様にお見せします？　それとも元旦の朝にお披露目するまで取っておきます？」

ウキウキと言った芽郁は、なにげなくキッチンの壁時計を見上げ、突然「あ〜‼」と悲鳴を上げた。

「な、なんだ、どうした⁉」

「それが……おせち作りにかまけて、年越し蕎麦の準備をするのすっかり忘れてました……」

芽郁が震える指先で指し示した時計は、あと十五分で深夜十二時を、まさに年越しを迎えようとしていた。

「ああああっ……年越し蕎麦食べるから、敢えて夕飯は軽めにしておいたのに〜〜〜〜！」

「……‼」

蒼一郎も失念していたらしく、急いでスマホを取り出すが。

「……今からデリバリーを頼んでも、間に合わないか……」

「……ですよね。あ〜〜、慈雨様に年越し蕎麦召し上がってほしかったのに」

どうしよう、と顔を見合わせているところへ、いつもの鈴の音が聞こえてくる。

「慈雨様？」

ポン、と空中に出現した慈雨は、小さな指先でキッチンの戸棚を指し示す。

「話は聞いておった。ほれ、ここによいものが入っておるではないか。わしは知っておるのじゃぞ？」


そして、熱湯を注いだカップ麺が三つ。

きっちり三分待ってから蓋を剝がし、芽郁は慈雨と蒼一郎に配る。

「ホントにカップ麺でいいんですか？　慈雨様」

「前から一度、食べてみたかったのじゃ」

いただきます、と小さな手を合わせ、箸を使って麺を啜ると、慈雨は「ほう、濃いめの味つけでなかなか美味いのう」と満足げだ。

防災用に買い置きしておいたカップ麺が、思いがけないところで役立ったようだ。

芽郁と蒼一郎も、共に年越しカップ麵を啜る。

「本当にいいんでしょうか？」

「慈雨様が嬉しそうだから、よしとしよう」

以前から気づいていたが、慈雨は形式張って用意された高価なご馳走よりも、たとえ安価でもお手軽レシピでも、皆で楽しくワイワイと食べるものを喜ぶように見える。

それは、気の置けない家族で摂る食事なのではないか、と蒼一郎は思った。

すると、芽郁がいいことを思いついたというように慈雨に話しかける。

「そうだ、そしたら来年の年越し蕎麦は、蒼一郎さんに手打ち蕎麦を打ってもらいましょうよ」

「え、俺に丸投げか？」

「蒼一郎さんは凝り性だから、今から練習したら、あっという間に職人レベルかもしれませんよ？」

「まぁ、確かにそれは一理あるな。よし、まずは道具を揃えるか」

と、二人で盛り上がりかけ、はっと気づく。

恐らく来年まで、慈雨はもう保たないことに。

思わず慈雨を見つめると、カップ麵を食べ終えた慈雨は微笑む。

それは、いつもの愛らしい笑顔ではあったが、どこか泣き出すのを堪(こら)えているようにも見えた。

「来年もわしと一緒にいてくれようという、その気持ちがなにより嬉しいぞ。ありがとう、二人とも」

「慈雨様……」

と、そこで微かに除夜の鐘が聞こえてくる。

「あ……年が明けましたね」

そこで三人は顔を見合わせ、頭を下げ合う。

「明けましておめでとうございます」

「おめでとうございます」

「うむ、おめでとう」

新年初の挨拶を交わし、皆でにっこりした。

「そうじゃ、そなたたち、二人で着物でも着て、初詣に行ってくるがよい」

「え？　でも私、着物持ってないし、着つけもできません」

「俺もです」

芽郁と蒼一郎がそう答えると、慈雨は二人にスマホで着てみたい着物画像を探すように言った。

わけがわからないまま、とりあえず言われた通りにする。

少し悩んだ結果、芽郁は渋いモダンな花柄が可愛いアンティーク着物を、そして蒼一郎は極めてオーソドックスな紺の羽織つきの着物を選ぶ。

「ふむ、ではいくぞ」

その画像をじっくり眺めた後、慈雨が小さな指をパチンと鳴らすと、芽郁と蒼一郎は一瞬にして画像と同じ着物姿に変身した。

「わ、すごい……！」

「こ、これはイリュージョンですか⁉」

「なぁに、これくらいの力はまだ残っておる。ただし、二、三時間で術は解けてしまうので、それまでに帰ってくるのじゃぞ？」

「え、それって……帰宅が遅れたら路上で全裸ってことですか？　新年早々、犯罪者ですよ……？」

現場を想像したのか、蒼一郎が青くなっている。

「ふふ、冗談じゃ、大丈夫だから二人で楽しんでくるがよい」

「ありがとうございます。着物を着たの久しぶりなんで、すごく嬉しいです」

自分でも見たくて、芽郁は玄関にある姿見の前まで小走りで向かう。

――おかしくないかな？

何度も後ろ姿まで確認してから、なにをそんなにおめかしせねばならないのかと、はたと我に返る。

蒼一郎と一緒に出かけるなんて、いつものことなのに、と一人赤くなる。

それでも、着物を着て初詣に行くなんて、いつ以来のことだろうと思うと、自然と心が浮き立つ。

「どうです？　変じゃないですか？」

蒼一郎の反応を気にしつつ、着物の袖の柄まで見えるように片腕を伸ばすと、蒼一郎と慈雨、そしてモナカの視線を一斉に浴び、気恥ずかしくなった。

「よく似合っておるぞ、芽郁」

真っ先に慈雨が褒めてくれて、蒼一郎に「のう？」と同意を求める。

すると蒼一郎は少し思案し、「馬子にも衣装だ」とおもむろに感想を述べた。

「……そういうとこじゃぞ、蒼一郎」

「え、褒めたつもりなんですが、なにかまずかったですか？」

「……いいんです、慈雨様。蒼一郎さんはこういう人なので」

「な、なにをそんなに怒ってるんだ？」

「そうじゃな、それが蒼一郎じゃしな……」

「そうよね、蒼一郎だからしょうがないわね」

と、示し合わせたかのように慈雨とモナカも同調する。

「きみたち、武士の情けだっ。ディスる時は、せめて本人のいないところでやってくれないか？」

芽郁にツンツンされながらも、蒼一郎は慈雨も一緒に行こうと誘ったが、二人で楽しんでおいでと送り出されてしまった。

「慈雨様、もう外へ出る力も残ってないんでしょうか……？」

「そうかもしれないな……」

夜道を並んで歩きながら、二人はしんみりとした気持ちになる。

新年を迎え、初詣に向かう人々があちこちにいるので、深夜にしては賑やかだ。

屋敷から一番近い神社に着くと、境内では無料の甘酒を振る舞っていた。

参拝の行列はあったものの、少し並ぶとお参りできる。

――どうか慈雨様がお力を取り戻して、消滅せずに済みますように。

手を合わせ、芽郁はもう何度目か数え切れないほど繰り返してきたお願いを、心の中で唱える。

ちらりと隣を見ると、蒼一郎も真剣な表情で手を合わせていた。

「なにをお願いしたんです？　慈雨様のこと？」

「……俺は自分の望みなど、あまりないからな。仕事があって、日々それなりに暮らせればそれで充分だ」

「そうですね」

やはり、蒼一郎も慈雨のことをお願いしたのだとわかり、芽郁は嬉しくなってにっこりする。

すると、なぜか蒼一郎が眩しげに視線を逸らした。

お参りを済ませてから、甘酒の列に並んでご馳走になる。

紙コップによそってもらった甘酒には、刻み生姜が入っていた。

夜風に冷えた身体に熱々の甘酒は、染み入るようにおいしかった。

「はぁ、温まりますね」

二人で紙コップに入った甘酒を、ふぅふぅと冷ましながら立ち飲みしていると、

「なんだ、蒼一郎じゃないか」

ふいに背後から声をかけられ、振り返るとそこには二十代後半くらいの男性が立っていた。

友人らしき男性二人と一緒だったので、初詣に来たのだろうか。

「……尚也」

彼に気づいた蒼一郎の眉間に、久々に縦皺が出現したのを、芽郁は見逃さなかった。

尚也と呼ばれた男性は、友人たちから離れ、つかつかと近寄ってきて芽郁を上から下まで無遠慮に眺める。

高そうなロングのカシミアのコートを羽織り、少々気取ったマフラーを巻いていて、ファッションには金をかけていそうなタイプだ。

だが、顔立ちにどこか意地の悪さが透けて見えるので、当人が思っているほどイケメンではないなと芽郁は失礼な感想を抱く。

「へぇ、これが噂の彼女か。結婚前に同棲とか、やるじゃんか。結婚の報告はいつだよ？　親父が、嫁を迎えるのに本家は連絡も寄越さないっておかんむりだぜ？」

「……そんなんじゃない。彼女はうちの管理人だ」

「なんで管理人とおまえが一緒に住んでるんだよ？」

「それは……いろいろ事情が……」

まさか、屋敷神に縁結びされそうになっているなんて説明しても、どうかしていると思われるだけなので、蒼一郎が言葉を濁す。

「まぁまぁ、隠すことないじゃんか。三十過ぎても独身主義なんて言ってるから、親父たちも心配してたんだぜ？　おまえが結婚しなきゃ、本家が絶えちゃうもんなぁ」

と、尚也は馴れ馴れしげに蒼一郎の肩を抱いてくる。

「でも彼女さん、ホントにこいつでいいの？　こいつ、偏屈だし融通利かないし、結婚したら苦労するよ～？」

ようく知ってます、と心の中で同意しながらも、芽郁は面白くなかった。

蒼一郎を本家本家と言うなら、この尚也という男性は藤ヶ谷家の親戚なのだろう。

なんだろう、この気持ち。

尚也が蒼一郎を悪く言うと、なんだかモヤモヤする。

この人の悪口を言っていいのは、私だけだ、みたいな？

そこで芽郁は、極上の笑みを浮かべた。

「ご心配なく。蒼一郎さんは、そこが素敵なんです」

さらりと『彼女』らしくそう惚気てやると、尚也はポカンとしている。

それですっかり毒気を抜かれたのか、彼は「……じゃ、俺友達待たせてるから」とそそくさと立ち去ってしまった。

「……なぜ、あんなことを？」

「え、駄目でした？　今の、特別手当もらえるお手柄だったと思うんですけど？」

真顔でそう言ってやると、蒼一郎は一瞬あっけに取られ、その後噴き出した。

「確かにな。尚也のバカ面を拝めて、スッキリした」

「あの人、感じ悪すぎですよ。親戚の方なんですか？」

「従弟だよ。父の弟、前に話した義之っていう叔父の一人息子だ。昔からあの調子で、なにかというと俺に突っかかってくる」

「きっと嫉妬ですね。気にすることないですよ」

芽郁があっさり言ってのけると、普段無表情な蒼一郎は嬉しいような、照れくさいような微妙な表情になり、それを見られたくないのか片手で顔を覆った。

「……俺たちも、そろそろ帰るか。少し仮眠を取って、朝は雑煮を作らないと」

「そうですね。おせちをいただくのが待ち遠しいです」

雑煮は、代々藤ヶ谷家に伝わるものを蒼一郎が作ってくれる約束になっていたので、芽郁はそれも楽しみにしていた。

「慈雨様はああ言っていたが、もし着物が消えてなくなったら……」

「……大変なことになりますね」

大丈夫だと言われたものの、二人は万が一を想定し、そそくさと神社を後にした。

ちなみに無事屋敷まで戻り、着物を脱いで洋服に着替え終わると、いつのまにか着物は消えてなくなってしまったので、サイアクの事態は無事免れたのだった。

第七章

禁断の夜食、バター焼き肉まんとあんまん

その日は、朝から雪が降っていた。

一月なので気温も低く、木造家屋はしんしんと冷え込んでいる。

「う～～～寒い～～～」

古民家で暮らす唯一の難点は、冬とてつもなく寒いことだ。

防寒対策万全のマンションに住んでいた芽郁にとって、この寒さはかなり堪える。

マンションならファンヒーターやエアコンで充分なのだが、ここでは石油ストーブが大活躍だ。

夜はその日の気分によって、自室か、または離れの居間やキッチンのダイニングテーブルで仕事をしている芽郁だが、深夜になると小腹が空いてくる。

――おなか空いたなぁ……でもお正月は、ご馳走をたくさん食べすぎてちょっと太っちゃったから、我慢我慢……。

一人で夜食はなるべく我慢しようと、パソコンでの作業に集中する。

一応季節物だからと先日は七草粥（ななくさがゆ）を食べ、お正月気分は終わり、通常運転の日常に戻った。

初めてではあったが、蒼一郎との合作、『好きなものだけおせち』は慈雨にとても喜んでもらえた。

蒼一郎が作ってくれた、藤ヶ谷家の雑煮は関東風で、かつおだしに薄口醤油、一口大に切った鶏肉で出汁を取り、小松菜、大根、人参、それに焼いた角餅(かくもち)が入っていて、最高においしかったっけ。

思い出すと、ますます空腹に拍車がかかって困る。

そこでふと、廊下を歩く足音が聞こえた気がして、芽郁は障子を開け、ひょいと顔を出して覗いてみた。

すると、母屋と離れを繋ぐ渡り廊下の雨戸を少し開け、ラフな私服姿の蒼一郎が外を眺めていた。

「蒼一郎さん？」

深夜の暗がりの廊下から名を呼ばれ、蒼一郎が飛び上がらんばかりに驚いている。

「私ですよ。まだ起きてたんですか？」

「それはこっちのセリフだ、脅かすな。べつに……どれくらい降るのか、気になって。ここが一番庭がよく見えるから」

どうやら、雪が気になって起きてきたようだ。

「けっこう積もりそうですけどね」

庭に積もったところが見たくて、芽郁も廊下へ出る。

二人は並んで縁側に立ち、しばらく雪が降る様を眺めた。

少しの沈黙の後、芽郁が口を開く。

「おなか、空いてません？」

一人ならこのまま我慢しようかと思ったが、蒼一郎に会ってしまったが百年目。これは夜食を食べろという天の思し召しだと思うことにする。

「……まぁ、小腹は空いてはいるが、夜中の一時だぞ？」

健康に気を遣い、ジム通いが趣味の蒼一郎のことだ。深夜の夜食など、節制の敵だろう。

「私、まだ仕事残ってるんで軽くなにか食べようかなって思って。よかったら蒼一郎さんも食べます？」

断られるかな、と思いつつ、一応誘ってみると。

「……なにを作るんだ？」

と敵は興味を示してきたので、これはもう策略にハマったも同然だ。

「まぁまぁ、それは見てのお楽しみですよ！　行きましょう」

こうして思わぬところで共犯を見つけ、芽郁は意気揚々と離れのキッチンへ向かった。

冷蔵庫の中には、この禁断の夜食のために前もって買っておいたチルド肉まんとあんまんが入っている。

いくつ食べるかという話になって、節制したい蒼一郎と肉まんとあんまん、どっちも食べてみたい芽郁との間で攻防戦となり、結局慈雨も呼んで分けることにして肉まんを二つにあんまんを一つで決着がつく。

それを取り出し、電子レンジで温めているうちに、芽郁は火を入れたフライパンにたっぷりのバターを落とした。

キッチンには、たちまちバターの香ばしい香りが立ちこめる。

「い、いったいなにをする気だ……⁉　こんな時間にそんなに大量のバターを使うなんて、暴虐の限りを尽くしてるなっ」

「この、バターが肝なんですよ」

いい具合にバターが溶けてきたところで、温めた肉まんとあんまんを投入すると、じゅっと音を立てた。

「ん〰〰、いい匂い！　ネットでレシピ見かけて、一度やってみたかったんですけど、一人だと罪悪感すごいんで、蒼一郎さんも仲間に引き込みました」

「確かに、罪深い食べ物だ……」

肉まんの皮にこんがり焼き色がつくと、芽郁はフライ返しでひっくり返して少し押し潰すようにして両面を焼いた。

「こうすると、肉まんがホットサンドっぽくなるらしいです。これ、ホットサンドメーカーで作るみたいなんですけど、なかったので」

「バターがたっぷり染み込んだ、肉まんホットサンドか……深夜にこんなハイカロリーな夜食をとるなんて、ほとんど犯罪だぞ?」

「なら、いらないんですか?」

「……食べないとは言ってない」

この香ばしい匂いには、さしもの蒼一郎も抗えないようで、白旗を掲げてくる。

焼き上がる寸前、芽郁は「慈雨様、一緒にお夜食召し上がりませんか?」と慈雨にも声をかけた。

すると。

「そなたたち、夜中にいけないことをしておるのう」

ポン、と空中に姿を現した慈雨が、悪戯っぽくそう告げる。

「ありがたくご相伴にあずかろう」

こんがりと狐色に焼き目がついた肉まんを、芽郁が自分の分を半分切って慈雨にあげようとすると、蒼一郎が自分のもと言い出したので、話し合いの結果、二つの肉まんは芽郁と蒼一郎が一つを四分の三ずつ、慈雨が半分という配分に、そしてあんまんは仲良く三等分するということで落ち着く。

「わぁ、おいしそう!　いただきます!」

まだ湯気を立てている熱々の肉まんを一口頬張ると、皮にたっぷりと染み込んでいたバターが口の中でじゅわっと溢れ出た。

香ばしく焼かれた外側の皮はパリっとしていて、中はもっちりだ。

肉まんの具にまでバターがひたひたに染み込んでいて、思わず笑みが零れてしまう。

「はぁ〜〜おいしい……」

「うむ……まさに禁断の味だな」

「ほんに美味じゃのぅ」

三人はそれぞれ、深夜の禁断の夜食に恍惚となる。

次に、あんまんも味見してみると、

「わ〜、アンコにバターって最強の組み合わせですね」

「これは美味い……」

「甘じょっぱくて、コクがあって最高じゃ」

バターの塩気と油が、こんなにアンコに合うとは……！

意外にもあんまんの方が評価が高くて、三人はあっという間に平らげた。

「明日はジョギングして、この摂取した余剰カロリーを消費しなければ……」

「次はあんまん多めでやりましょうね」

「頼むから、これ以上俺を悪の道に誘惑しないでくれっ」

蒼一郎が悲鳴を上げると、「そなたたちの夫婦漫才は面白いのう」と慈雨にからかわれた。

「「夫婦じゃありません！」」

あまりに綺麗にハモッたので、芽郁と蒼一郎は思わず顔を見合わせ、笑ってしまう。

すると、そんな二人を慈雨は慈愛に満ちた眼差しで、じっと見つめていた。

「……慈雨様？」

「そなたたちは、そうしていつも笑っていておくれ。わしとの約束じゃぞ？」

そう言った慈雨の笑顔が、なんだかひどく寂しげで。

芽郁と蒼一郎は、動揺してしまう。

「な、なぜ急にそんなことを言うんですか？」

「そうですよ、慈雨様、ちょっと変ですよ？」

それでは、まるでお別れの前兆みたいではないか。

口に出したら、その通りになってしまいそうで、二人はそれ以上なにも言えなかった。

早いもので、芽郁がこの屋敷に越してきてから四ヶ月目を迎えようとしている。

――そろそろ、本当のことを言わなきゃ……。

ずっと心に引っかかっていたのは、やはり母に黙っていることだ。

そのせいで、今年は正月の挨拶にも行けなかったことを、芽郁はひそかに後悔していた。

このままでは駄目だと意を決し、スマホを取り出して母にかける。

「もしもし、お母さん？　私」

少しためらった後、芽郁は思い切って切り出す。

「あのね、実はもう新しい仕事始めてるんだ」

『え、そうなの？』

驚く母に、既に前のワンルームマンションを引き払い、今は鎌倉にある古民家の管理人の仕事をしていることを説明する。

『そんな、いきなり管理人なんて、いったいなにがどうしてそうなったの？　そのお宅、本当にちゃんとしてるの？』

案の定、あれこれ心配する母に、その点については大丈夫だからとつけ加える。

「今はね、このお仕事にすごくやり甲斐を感じてるんだ。もちろん、デザイナーの仕事も続けてるから。しばらくは心配しないで、見守っててほしい」

ずっとずっと伝えたかった思いを告げると、電話の向こうで母がため息をついた。

『まったくあなたって子は、昔からこうと決めたら梃子でも動かないんだから。わかった、好きにおやりなさい』

「お母さん……」

『その代わり、なにか困ったことがあったらすぐ相談すること。それだけは約束して？』

「うん、わかった。ありがとう」

ようやく母に本当のことが言えて、肩の荷が下りた気がした。

気持ちが晴れ晴れし、ふと気づくとそろそろお茶の時間だったので、芽郁は離れのキッチンへ向かう。

――慈雨様、今日はお茶飲むかな？

そんなことを考えながら縁側を見ると、そこには二つ並べた座布団の上に横たわる慈雨の姿があった。

その傍らには、まるで慈雨を守るかのようにモナカが座って控えている。

「慈雨様……？」

また、眠っているのだろうか？

最近、慈雨は姿を見せてもこうして眠っていることが多くなった。

もう、人型を保つのも難しいのではないだろうか。

そう気づくと、背筋にひやりと冷たいものを当てられたような気がした。

「モ、モナカさん、慈雨様は……？」

芽郁の慌てぶりに、モナカがちらりと振り返る。

「安心なさい、眠ってらっしゃるだけよ」

「そうですか、よかった……」

思わずほっとすると、そこで慈雨が眠そうに目を擦りながらむくりと起き上がった。

「あ、ごめんなさい、慈雨様。起こしてしまいましたか？」

「いや、よい。うっかり眠ってしまったようじゃ。すまぬが今夜の夕餉は、わしの分はいらぬ」

「そ、そうですか……？　でも……」

「蒼一郎によろしくな」

そう告げると、慈雨は姿を消してしまった。

「ご飯もいらないなんて……慈雨様、調子がよくないんでしょうか？」

心配になって、思わずモナカにそう聞くが彼女の表情も晴れない。

「そうね。最近、眠ってばかり……。アンタたちの作った料理でなんとか今まで持ちこたえてらしたけど……そろそろ限界なのかもね」

「そんな……なにか方法はないんですか？」

おろおろした芽郁は、ふと思いついて手を打つ。

「……そうだ！　今までの長い長い年月でお力を失ったっていうのは確かなんでしょうけ

ど、それを悪化させた、なにかきっかけみたいなことがあったんじゃないですか？」

そこにヒントがある気がして、そう尋ねる。

「……言われてみれば、目に見えて慈雨様がお力を失ったと気づいたのは、確か竜蔵が亡くなった頃だったわ」

「竜蔵さんの……」

まだ一年ほど前のことなので、さほど過去という話でもない。

それは、藤ヶ谷家の当主が亡くなったということになにか関係があるのだろうか？

だが、今は蒼一郎がいるので、藤ヶ谷家が絶えたわけではない。

考えてもよくわからず、芽郁はその晩帰宅した蒼一郎に真っ先に相談してみることにした。

「俺もずっと考えていたんだが、慈雨様の祠を新しくしてみるというのはどうだろうか？」

芽郁が作った豚肉の生姜焼きを食べながら、蒼一郎がそう提案する。

今夜は慈雨がいないので、二人きりの夕食だ。

なんだかひどく味気なく感じてしまい、離れの居間で早々に食事を終えると、二人はいつもの作戦会議に移ることにした。

「前回祠を建て替えたのは、確か俺がかなり小さい頃だったから、もうだいぶ傷んできている。新調したら、慈雨様の力を取り戻せるかもしれない」

「それ、すごくいいアイディアだと思います！」

確かに器だけでも新しくなったら、ご神気にもなにか変化があるかもしれない。

ほかに打つ手がない以上、やってみる価値はあるだろうと芽郁も大賛成だった。

蒼一郎には『残された時間を皆で楽しく過ごしたい』という慈雨の希望はもちろん伝えていたが、彼もまた自分と同じように、まったく慈雨を救うことをあきらめていないのが嬉しかった。

それから二人は額を突き合わせ、スマホで業者を検索する。

「代々、藤ヶ谷家とお付き合いのある宮大工みたいな方はいらっしゃらないんですか？」

「む……そうだな、俺は知らんが、もしかしたら祖父の過去帳に当時の明細や記録が残っているかもしれない。探してみよう」

「そしたら、ご神体を新しい祠に移す儀式みたいなことも、必要になるのでは？　神様のお引っ越しになるわけですし」

「言われてみれば、そうか……俺が子どもの頃に、その儀式に立ち会っていたはずなんだがよく憶えてないな。どんな儀式かわからんが、そう気軽にできることではないのかもしれない。よく調べてみるか」

とりあえず、この件については宿題ということになる。

「そうだ、前から気になってたんですけど」

「なんだ？」

「慈雨様のご神体って、いったいどんな感じなんですか？　よく聞くのは、鏡とか石とかですよね？」

そう問うと、蒼一郎は首をひねる。

「俺が見たことがあるのは、祠を建て替えた時の一度だけで、子どもの頃のことだから、記憶が定かではないが、確か石を人型に彫った仏像だった」

「え、それ以来見たことないんですか？」

「ああ、ご神体はみだりに人の目に触れさせるものではないと言われてきたからな」

「そうなんだ。それじゃもしすり替えられたりしても、わからないですね」

なにげなく言ってから、芽郁と蒼一郎ははた、と顔を見合わせる。

「……今、なんて言った？」

「す、すり替えられてもわからないって……」

もし、誰かがご神体をすり替えていたとしたら？

もし、それが慈雨の記憶喪失の原因だとしたら？

二人は同じことを考え、そして同時に座布団から立ち上がった。

蒼一郎が母屋に懐中電灯を取りに走り、戻ってくる。

「確かめるぞ！」

「はい……！」

灯りを照らし、そのまま走って、裏庭にある祠へと向かう。

蒼一郎も祠の扉を開けるのは初めてらしく、やや緊張しつつ思い切って両手で観音開きの木の扉を開いた。

すると……。

「なんてことだ……っ」

蒼一郎が、低く呻く。

「ど、どうしたんですか⁉」

懐中電灯を照らす係の芽郁も慌てて後ろから覗き込むと、祠の中には小さな仏像があるにはあった。

だが、それは数百年前から祀られている年代は感じられず、いかにもその辺りで購入してきたような、最近造られたと思しき代物だった。

「ホ、ホントにすり替えられてた……っ⁉」

自分で言っておきながら、芽郁もあっけに取られてしまう。

「これ、どう見ても数百年経ってる石とかじゃないですよね？　あきらかに偽物ですよね？」

まさか、毎日手を合わせて拝んでいた祠にご神体はなく、それが慈雨の記憶喪失の原因だったとは。

まさに灯台もと暗しとは、このことだ。

「祖父はもういないし、ご神体の写真を撮るのは不敬だから、証拠も残っていない。だから証明しようがないが、俺もこれは偽物だと思う」

「でも、いったい誰が……？」

モナカは、時期的に竜蔵の葬儀前後から、慈雨が目に見えて力を失い始めたと証言していた。

芽郁の問いに、蒼一郎がしばらく考え込む。

「祖父の葬儀の後なら、何組か管理人家族と庭師がこの家に出入りしているが、彼らにご神体をすり替えるメリットはないから除外していいだろう。それ以外となると葬儀の時に、親戚一同がこの屋敷に集まって準備をした。泊まっていった者もいた。家族以外が入ったのは、それしか心当たりがないな。裏庭に他人が入り込むのは難しいから、犯人はうちの親族の中の誰かということになる」

それを聞き、芽郁はいてもたってもいられない気分になる。

蒼一郎の親族を疑うのは本意ではないが、それを乗り越えなければ慈雨は救えない。

「蒼一郎さん、心当たりはあるんですか？」

「ううむ……こんな罰当たりなことをしでかすのは、尚也くらいしかいないと思うが、証拠がないのに疑うわけにもいかないしな」

蒼一郎は、低くそう呻いた。

「え、初詣で会った、あの従弟さんですか？」

蒼一郎の話では、尚也の父、つまり蒼一郎にとって叔父にあたる義之も、かなりの遺産を相続したにもかかわらず、以前からなにかにつけては「本家は財産独り占めだ」「あやかりたいものだ」などと嫌みを言ってくるらしい。

どうやら竜蔵が、本家の土地と家屋敷すべてを蒼一郎に遺すと遺言したのが気に入らないようだ。

そこで、彼ははっと気づいたように庭を見回す。

「そうだ、防犯カメラの映像……！」

言われて、芽郁も上を見上げると、庭の目立たない塀の上部に防犯カメラが設置されているのに気づく。

「でも、確か防犯カメラの映像って一ヶ月とか、わりとすぐ上書きされちゃって保存されないんじゃなかったでしたっけ？」

「前はそうだったらしいが、最近では防犯カメラで撮影した画像をデータセンターで長期間保管するサービスがあるんだ。確か申し込んだような気がする……！」

蒼一郎の話では、今までは一ヶ月程度だったものが最長で一年半ほど画像が保存されているらしい。

それならば、竜蔵の葬儀当時の映像もまだ残っているはずだ。

それから蒼一郎はさっそく警備会社に連絡し、当時の画像をデータですぐ送ってもらった。

とりあえず離れへ戻り、蒼一郎のスマホでその画像を再生する。

葬儀当日から早送りして、確認すると……。

「あ……」

葬儀が終わった夕方、ずっと無人だった慈雨の祠にさりげなく歩み寄ってきたのは、やはり喪服姿の尚也だった。

キョロキョロと周囲を見回し、人がいないのを確かめてから、彼は素早く祠の扉を開け、中に入っていた仏像を懐から取り出した偽物とすり替えた。

そして本物を喪服の内側に隠すと、なに食わぬ顔で母屋へと戻っていく姿までばっちり映像に残っていた。

「やっぱりあいつか……」

額を押さえ、蒼一郎がため息をつく。

「でも、なぜこんなことを……？」

「彼らは前々から、藤ヶ谷家の繁栄は慈雨様からもたらされる御利益だと信じていたからな。自分のところで祀れば、もっと自分たちが恩恵を受けることができると思ったんだろう」

今まで慈雨の記憶喪失の原因を究明すべく、あれこれやってきたが、まさかこんな根本的なことだったとは、と蒼一郎がぼやく。

「これから、どうするんですか？」

「むろん、慈雨様の記憶を取り戻すためにもご神体は取り返す。だが、この証拠を突きつけても、肝心のご神体をかたくなに隠されてしまったらおしまいだ。下手を打つと、最悪永遠にご神体は取り戻せないかもしれない」

「確かに……。現物が見つかればいいんですけど……慈雨様のご神体、いったいどこに隠してるんですかね？」

「盗品なんだから、人目につくところには置かないだろう。とすると……叔父の家の金庫か……」

蒼一郎の話では、義之の書斎にはかなり立派な金庫があるらしく、義之は株券や土地の権利証、現金などをそこに保管しているらしい。

「でも、よそのお宅の金庫になにが入ってるかなんて、確かめようがないですよね……」

芽郁はそう呟き、しばし考え込んだ。

すると、蒼一郎が人の悪い笑みを浮かべる。

「中身がわからないなら、俺たちの目の前で開けさせてやればいい」

「え……どうやって？」

「まぁ、俺に考えがある」


「というわけなんです。そこでモナカさん、力を貸してもらえませんか？」

丁重にそう頼むと、縁側で日向ぼっこに勤しんでいたモナカは、面倒そうに片目だけ開けて芽郁を見る。

「ふん……アタシもあの親戚、好きじゃないのよね。あの尚也って子、竜蔵の葬儀の時、アタシのことをさも邪魔そうに足蹴にしたのよ？　信じられる？」

どうやら義之親子は、蒼一郎だけでなくモナカにも嫌われているようだ。

「で？　アタシになにをさせる気？」

そう問われ、芽郁はコソコソとモナカに耳打ちする。

「……まぁ、そういうことなら高級猫缶、一週間分で手を打ってあげてもいいけど?」

芽郁が蒼一郎を振り返ると、彼は無言で親指を立ててみせる。

予算承認の合図である。

「スポンサー様のOKが出たので、大丈夫です!」

「なら、話は決まりね。このアタシが手を貸すんだから、しくじらないでよ?」

そう囁き、モナカはにやりと鋭い牙を見せたのだった。


それから、数日後のこと。

芽郁は蒼一郎に連れられ、義之の自宅を訪れた。

叔父親子が暮らす分家は、藤ヶ谷邸から徒歩で十五分ほどの距離にある。

藤ヶ谷邸ほどではないが、それなりに敷地も広く今時の注文住宅で、平均より裕福そうに見える外観だ。

「お金にうるさいって聞きましたけど、充分お金持ちのお宅じゃないですか」

「叔父は遺産として、藤ヶ谷の不動産業を祖父から引き継いでいるからな。俺の父も亡くなっているし、俺は会社を継ぐ気がなかったから。それでも足りないんだろう」

「人の欲望って、果てしないですね……」

一つ得られると、そこで満足できず、もっともっととさらに求めてしまうのは人間のサガなのだろうか、と芽郁は考える。

「行くぞ」

「はい……！」

先日尚也に啖呵(たんか)を切ってしまったので、芽郁は蒼一郎の婚約者ということになっている。なのでお披露目を兼ねてということで、一応よそいきのワンピース姿でお洒落をしてきた。

果たして打ち合わせ通りにうまく演技できるのか、ちょっとドキドキだ。

門前に立ち、蒼一郎がインターフォンを押すと、すぐ中から玄関が開き、六十代前半くらいの男性が出てきた。

「やぁ、蒼一郎、久しぶりだな。よく来てくれたね」

藤ヶ谷義之は、いまだ藤ヶ谷不動産会社の専務として現役らしいので、年齢より若々しく見える。

尚也に面差しがよく似ているので、すぐに親子だとわかった。

今日は義之の妻、つまり蒼一郎にとっては義理の叔母にあたる和美(かずみ)は習い事に出かけているとのことで、尚也がお茶を出してくれる。

「叔父さんたちには、ご紹介が遅れました。こちら、婚約者の川嶋くんです」

「初めまして、川嶋芽郁と申します」

と、蒼一郎に紹介された芽郁は神妙に頭を下げる。

「こちらこそ、よろしく。なかなか可愛らしいお嬢さんじゃないか。結婚しないと言っていたから心配してたんだが、これで本家も安泰だな」

これから蒼一郎が話す内容に興味津々なのか、平素の嫌みも忘れ、お茶を出し終えると尚也も大人しく座卓に同席した。

叔父も、一応芽郁のことは気になるようだが、それより蒼一郎の話の方が大事らしくソワソワしている。

そこで、蒼一郎はおもむろに話を切り出した。

「電話でもお伝えしたように、先日蔵の掃除をしていたら祖父の遺言書が出てきたんです。ご存じの通り、遺言が複数存在する場合は日付けの新しいものが有効になります。確認すると、今までのものより一ヶ月ほど後に作成されたものでした」

「そ、それで⁉　その遺言書は、前のものと内容は変わっていたのか？」

もう義之は座卓から身を乗り出さんばかりに『蒼一郎が用意してきた餌』に食いついている。

そう、遺言書があらたに見つかったというのはまったくのデタラメで、これが蒼一郎の作戦なのである。

こうして彼らにとって、新しい遺言書によってありつける『おいしい餌』をちらつかせれば、金庫の鍵を開けるのではという寸法だ。

蒼一郎は演技過剰にならない程度に、思案するふりをする。

「確か……祖父の最初の遺言書のコピー、叔父さんが保管されてましたよね？　原本はうちの弁護士に預けてあるんですが、今連絡が取れないので、取り急ぎ叔父さんのところのコピーと照らし合わせて再確認したいんですが、見せていただけますか？」

「いいとも。今取ってこよう」

と、義之は急いで立ち上がる。

蒼一郎がさりげなく同行しようとするが、

「尚也、おまえはここで二人のお相手をしていろ」

と、すかさず息子にお目付役を命じて居間を出ていった。

やはり、金庫を開けるところは誰にも見せたくないらしい。

まぁ、この反応は想定済みだったので、芽郁と蒼一郎は視線で会話を交わす。

そして、作戦通り芽郁がいきなり素っ頓狂な声を上げた。

「あ～！　お庭に猫ちゃんが入り込んでますよ？　どこの子でしょうね」

その声を合図に、あらかじめ塀の上で待機していたモナカが身軽く庭に飛び降り、居間からよく見える場所へわざと姿を現した。

「くそ、どこの野良猫だ⁉」

葬儀の際、足蹴にするほどなので、尚也はモナカが蒼一郎の家の飼い猫だとはまったく気づいている様子がない。

「あっ！　高そうな盆栽にぶつかりそうですよ、ほら！」

「あれは親父が大事にしてるやつだ。まずい！」

芽郁が尚也の不安を煽るように騒ぎ、彼の注意を庭へと引きつける。

「お庭に出てみましょうか」

「そうだな、追い払ってやる！」

その隙に、蒼一郎はそっと居間を抜け出した。

叔父の家の間取りは頭に入っているので、廊下を進み、彼の書斎へと急ぐ。

ドアが開いていたのでそっと中の様子を窺うと、叔父はちょうど金庫の鍵を開け、観音扉を開けたところだった。

すかさず中を確認すると、書類などとは別に、なにやら布に包まれた物体が一番下の棚に入っているのが見える。

――あれか……。

そう確信した時、庭に出ていた芽郁と尚也の騒ぎを聞きつけたのか、義之が金庫の前から離れ、窓へと歩み寄っていく。

「おまえたち、庭でなにを騒いでいるんだ」

「親父、入り込んだ猫が、親父の盆栽を倒そうとしてて」

「なに？ 今すぐつまみ出せ！」

義之が窓を開け、身を乗り出して叫んでいる隙に、足音を殺して廊下から室内へ入った蒼一郎は、布に包まれた物体を金庫から取り出した。

布を解くと、中から古めかしい仏像が出てくる。

ほんの子どもの頃、一度見ただけだが、間違いない。

これが本物の慈雨のご神体だと確信した。

「叔父さん、これはいったいどういうことですか？」

仏像を抱え、静かに声をかけると、義之がぎくりとした様子で振り返る。

「お、おまえ、なにを勝手に……!?」

「これは、うちの庭に祀られている慈雨様のご神体ですよね？ それがなぜ叔父さんの家の金庫に入っているのか、詳しくご説明いただきましょうか」

冷静に詰め寄られ、義之は青ざめる。

「そ、それはその……よく似てはいるが別物だ！ 第一、おまえの家の祠には、ちゃんと仏像が入っているだろうが」

抜け目なく尚也に偽物とすり替えてさせておいた義之は、往生際悪くそう言い逃れようとするが、蒼一郎は許さなかった。

「俺は子どもの頃、一度この仏像を見たことがあります。言い逃れは無駄ですよ」

そして、ポケットからスマホを取り出し、義之の目の前で映像を再生する。

自分の息子がご神体をすり替えるところが映っているそれを見せられ、さすがにそれ以上足掻(あが)いても無駄だと観念したのか、義之は黙り込んだ。

とりあえず場を再び居間へ戻し、義之と尚也を並んで座らせる。

蒼一郎から、同じく自分が映っている映像を見せられ、尚也もまずいと思ったのか神妙に言うことを聞いた。

モナカは用は済んだとばかりに、さっさと庭から引き揚げたようだ。

「で？　なにか申し開きはありますか？」

腕組みして仁王立ちのまま、蒼一郎が腹の底から冷たい声を出す。

「お、おまえだってまったく実家に寄りつかないし、先祖代々決められた行事を他人任せにして、べつに慈雨様を大事に祀ってたわけじゃないだろうっ。人のことは言えんだろうが！」

と、義之は今度は苦し紛れに矛先を変え、蒼一郎を非難し始める。

「そ、そうだそうだ！　どうせおまえは慈雨様なんか信じてなかったし、雇った人間に管理丸投げだったんだから、その間うちがご神体借りたってなんの問題もないだろ？　本家が裕福なのは、皆この慈雨様のおかげなんだ。だったらちょっとくらい、その幸運を分家にも分けてくれたっていいじゃないか！」

尚也も、そう弁明する。

彼らの言い訳を総括すると、どうやら竜蔵の葬儀が行われた当時、義之が所有している株が暴落してかなりの損失を出したらしく、まさに藁にも縋る思いで、こっそりご神体を本家の庭から持ち出したようだ。

分家にも慈雨からの御利益を分けてもらう権利がある、盗んだわけじゃない、ちょっと借りただけだと主張する彼らの欲深さに、蒼一郎はため息をついた。

「で？　その御利益とやらはあったんですか？」

そう問うと、義之と尚也は顔を見合わせている。

「それが……株価はさらに暴落して、損切りで手放す羽目になった」

「それだけじゃなくて、俺も追突事故に巻き込まれてムチ打ちになったり、あれ以来いいことなくて……」

ご神体を勝手に持ち出してから、さらに悪いことが重なり、彼らはもしかしたら慈雨の祟りではないかと薄々感じてはいたらしい。

だが、もう本家の庭に入り込んで仏像を戻す口実がなく、そのまま金庫に隠し続けていたようだ。

そこで、芽郁はぼそりと呟いた。

「あの、竜蔵さんが遺した過去帳に記録されてたんですけど、遙か昔に、かつて慈雨様がまだ村の一角に祀られていらっしゃった頃、祠近くにゴミを捨て続けた者の家が破産したことがあったんですって。ゴミを捨てただけでもよくないことが起きたんですから、ご神体を盗んだりしたら、いったいどんなバチが当たるか……」

彼らには金のことが一番効果があると思っての発言だったが、案の定二人は真っ青になった。

「ほ、本当はもっと早く返しておこうと思ったんだっ。だが、なかなか本家に入れるチャンスがなくて……」

「俺たち、どうなっちゃうんだ……？　親父も破産するのか？」

と、相変わらず自己保身ばかりの彼らに、蒼一郎は眉を吊り上げた。

「この期に及んで、言い訳と自分たちの心配ですか？　少しは恥ずかしいと思わないんですか？　せめて自らの行いを反省してください。川嶋くん、帰るぞ」

「は、はい」

憤然と彼らの家を出て屋敷へ戻ると、蒼一郎は真っ先に裏庭の祠へ向かった。

大切に持ち帰ったご神体を布から取り出し、偽物と入れ替え、祠へ安置する。

「これで、慈雨様の記憶が取り戻せるといいんですけど……」

芽郁がそう呟いた、その時。

いつもの鈴の音が、どこからともなく聞こえてきた。

「慈雨様？」

ふわり、と空中に現れた慈雨は、眠そうに四肢を丸めて蹲るような格好だったが、元に戻されたご神体に気づくとにっこりした。

「おお、取り戻してくれたのか。礼を言うぞ、蒼一郎、芽郁」

「なぜ、あんな連中にご神体を盗まれたことを黙っていたんですか？　さっさとバチを当ててやればよかったのに」

まだ怒りが収まらない蒼一郎が、そう憤る。

「まぁ、そう言うでない。ちなみに、あやつらはわしの祟りで悪いことが起きていると思い込んでおるが、わしはなにもしておらぬぞ。あれは己の心が罪悪感に耐え切れず、自ら不幸になるよう仕向けた結果じゃ」

確かに、もし慈雨が彼らに天罰を与えるほど怒っていたなら、とっくの昔にご神体を取り返してほしいと自分たちに頼んだはずだ。

――それじゃ、尚也さんたちに悪いことが起きたのは、慈雨様は関係なかったんだ。

これぞまさに、自業自得という言葉がぴったりだと、芽郁と蒼一郎は思わず顔を見合わせる。

「これで少しは反省して、性根を入れ替えてくれるとよいのだがのう。あれでも、わしの子孫にあたるでな」

と、慈雨自身はさほど義之親子の愚行に腹を立ててはいない様子だ。

「え、子孫って……？」

「うむ……だんだんと思い出してきたぞ。遠い、遠い昔のことをな」

慈雨がそう呟くと、空中に浮いていた彼の身体からまばゆいほどの光が発せられる。

「少々、わしの昔語りに付き合ってくれるか？」

「きゃ……っ」

「うわ……！」

あまりの眩しさに、芽郁と蒼一郎は思わず目許を腕で覆ったが、そこで意識が暗転した。

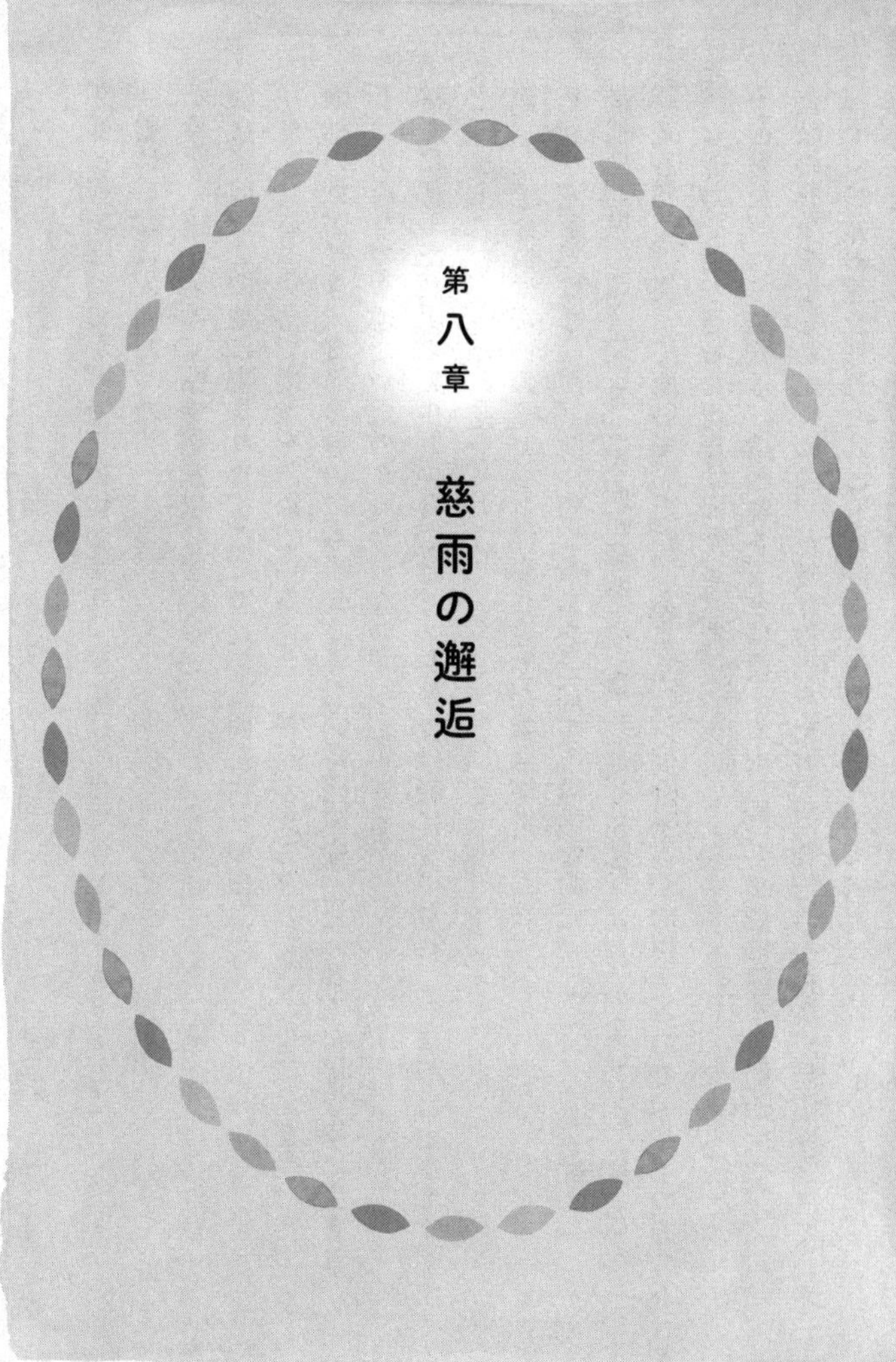

第八章

慈雨の邂逅

芽郁と蒼一郎のおかげでご神体が戻り、慈雨はすべての記憶を取り戻した。

慈雨は、元は人間だった。

そう……確か名は、藤ヶ谷左埜介といった。

数百年前、この地に生まれた、ごく普通の人間だったのだ。

左埜介はこの集落で庄屋を務めている、藤ヶ谷家の長男としてこの世に生を受けた。

戦乱の世が続き、食べるものにも事欠く貧しい時代の中、村一番の裕福な家に生まれたことはかなりの幸運だったのかもしれない。

待ちに待った長男の誕生ということで、左埜介は皆に祝福され、なに不自由なくすくすくと成長した。

が、左埜介には普通の子どもとは少し違った特徴があった。

そう、完璧ではないが、断片的に未来を見通す不思議な力だ。

最初は幼児の頃、「明日は大雨が降るよ」などという程度の他愛のないものだった。

両親も初めは笑って聞いていたが、あまりに何度も予言が的中するので、息子のその不思議な能力を信じざるを得なかったようだ。

子どもだった左埜介は、請われるごとに視える未来の話を皆に語って聞かせた。

盗賊の襲来を予知した時には、左埜介の予言を信じた者たちが村境で見張りを立てたおかげで、略奪の難を逃れたこともあった。

そうしてあっという間に左埜介の力は村中の知るところとなり、藤ヶ谷邸には毎日たくさんの人々が、左埜介の予言を求めて押し寄せてくるようになった。

まだ子どもだった左埜介には切れ間のない予言はかなりの負担だったが、少しでも村の人々のためになるならと、持てる時間のすべてを費やして対応した。

今年の作物の収穫量は？

息子の病はどうしたら治るのか？

この縁談は吉なのか、凶なのか？

どうすれば作物の収穫量が上がるのか？

実にさまざまな問いが投げかけられ、左埜介はできうる限りそれに応えた。

左埜介の予言で救われることも多かったが、中にはどうすることもできないものもあった。

「残念ですが、息子さんは助かりません。あと三ヶ月の命です」

必死に病を治す方法を尋ねに来た両親に、そう宣告せねばならないこともあった。

左埜介には未来が視えるだけで、その運命を変えられるわけではないのだ。

視えた通りのことを、言うしかなかった。

彼らの嘆きを前に、己の無力さを嚙みしめることも多かった。

こうして左埜介は、幼い頃から無償で人々に予言を与え続けた。

同じ年頃の子たちと違って遊ぶこともできず、幼い子どもにはかなり過酷な日々だったが、皆のためになるならと堪え忍んだ。

庄屋の家に生まれたからには、自分には村の人々を助ける義務があると考えたのだ。

そうして瞬く間に時は流れ、左埜介は十三になった。

その頃になると、異変が起きた。

あれほど視えていた未来が、ぷつりと糸が切れたように、なにも視えなくなってしまったのだ。

成長すると、不思議な能力を失うことがあるのだろうか？

予言を求める人々は相変わらず引きも切らなかったが、左埜介は正直に力を失ったことを告げ、皆に詫びるしかなかった。

そんな中、数十年に一度と言われるひどい干ばつがその地方を襲った。

もう何ヶ月も一滴の雨も降らず、田畑は干からび、川も干上がってしまっている。

当然大凶作となり、人々は飢え、皆日に日に殺気立っていった。

「どうすんだ、このまま雨が降らねば、おらたち皆飢え死にしちまうぞ」

「雨さえ降ってくれりゃあなぁ……」

困り果てた村人たちは、左埜介の予言を求めて庄屋の家に押しかけてきたが、左埜介にはもうなにも視えないと謝るしかなかった。

日照りから飢饉になっても、年貢の取り立ては容赦なくやってくる。

作物も収穫できず、具もほとんど入っていない薄い粥しか食べられない生活が続き、飢えは村人たちの心をさらに荒ませていった。

「もうこうなったら、淵の水神様に生け贄を捧げるしかねぇ」

誰からともなく、そう言い出すのは時間の問題だった。

淵の水神とは、村外れにある淵に祀られている村の守り神のことだ。

森の奥深くにある淵はかなりの深さで底なし沼のようになっていて、落ちたら最後、二度と浮き上がってはこられないと恐れられ、普段は近づく者もない。

だが、ひどい日照りが続いた時、過去数十年に一度、その淵の水神様に人柱として生け贄を捧げると雨が降り、村は飢饉から救われたという言い伝えが残っている。

村の長老たちはその効果を訴え、村人たちの気持ちは人柱を捧げる方へと次第に傾いていった。

では、誰が？

生け贄は無垢な子どもが喜ばれるとのことで、今までは村人の家の子からくじ引きで選んできたらしい。

だが、当然ながらいくら村を救うためとはいえ、可愛い我が子を生け贄に差し出したい親などいるはずもない。

くじ引きの話になると、皆一様に口を噤み、話はそこで止まってしまった。

しかし、このままでは近いうちに餓死者が出るのは確実だ。

すると、ある男がぽつりと呟いた。

「庄屋様のとこの左埜介様は、神様みてぇな力をお持ちだった。生け贄にしたら喜ばれるんでねぇか？」

それは、左埜介に息子の余命を宣告された子の父親だった。

彼には、亡くした息子のほかにまだ二人の幼い子がいた。

ほかの者は左埜介の予言によって救われたのに、なぜ自分の家だけ救われなかったのか？

そうした不満は澱のように心の奥底に沈殿し、やがて恨みと化し、彼にそう言わしめた。

「くじ引きより、神様が喜ぶ人柱のがいいだろう？　なぁ？」

そう同意を求められ、

「そ、そう言われてみればそうかもしれないわ……」

次に口を開いたのは、行方(ゆくえ)しれずの夫を捜してほしいと左埜介に頼み、「残念ながら道中夜盗に襲われ、金品を奪われて川に沈められた」と宣告された妻だった。

彼女にもまた、幼い子がいた。

怒りのやり場のない彼らの矛先は、左埜介へと向けられたのだ。

　そして皆我が子を守るため、消極的ではあるが一人、また一人と彼らの意見に賛同していく。

　人柱には、左埜介が一番ふさわしい。

　村全体の意見がまとまるのに、さほど時間はかからなかった。

　話し合いの結果を村長ら代表が藤ヶ谷邸へ伝えにいくと、左埜介の両親は当然ながら反対した。

「あなたたち、左埜介の力にあれほど助けられておきながら、力を失った途端に人柱に差し出せだなどと、人としての心はあるのですか⁉」

　ことに母は泣いてそう訴えたが、村人の代表たちは気まずげに顔を見合わせるばかりだ。

「そうは言っても、もう話し合いで決まったことだし、なぁ……？」

「そうだそうだ。皆、左埜介様が一番神様が喜ぶからって言ってる。なぁ、庄屋様。ここは、なんとか堪えてはもらえないだろうか？」

　と、その時。

「父上、母上、私でよければ人柱になりましょう」

　それ以上両親が責められるのを見かね、左埜介は自らそう名乗り出る。

「左埜介……」

「その代わり、一つだけ条件があります」

「な、なんだね？」

「今までも数十年に一度の割合で淵の水神様に人柱を捧げてきたと聞いています。ですが、その風習は私で最後にしてほしいのです。後世に必ずお伝えいただき、約束を守っていただけますか？」

左埜介が考えていたのは、もう自分のような犠牲者を一人も出したくない、ただそれだけだった。

村長たちはその条件を呑み、こうして人柱は左埜介に決まった。

「なぜおまえが……今まで身を粉にして村のためにさんざん尽くしてきたおまえが、なぜただ一人犠牲にならねばならぬのです……？」

母の嘆きは収まらず、左埜介は泣き濡れる彼女を優しく慰めた。

「泣かないでください、母上。これも私の運命なのでしょう」

左埜介には、二歳年下の弟がいた。

まだ十一歳の左兵衛（さへい）に、左埜介は告げる。

「左兵衛、私亡き後、この藤ヶ谷家の当主として父上と母上を立派に支えてくれるな？」

「はい、はい、兄上……っ」

兄が大好きで、よく懐いていた左兵衛も、顔をくしゃくしゃにして泣きじゃくる。

それから儀式の日まで、村人たちが交代で藤ヶ谷邸に見張りを立てた。

表向きは警護の名目だったが、本当は家族が左埜介を逃がさないようにとの警戒からだった。

そんなことをせずとも、逃げたりしないのに。

自分一人の犠牲で村人全員が助かるなら、左埜介には拒むつもりなど毛頭なかった。

まだ成人もしないままこの世を去るのは心残りだったが、藤ヶ谷の家督は弟が立派に継いでくれるだろう。

両親を悲しませることだけが、つらかったが。

自分が不可思議な力を与えられて生まれ、それを失って死ぬことにも、なにか意味があるのかもしれないと思った。

最後の晩は家族全員で、布団を敷いて一緒に寝た。

明け方まで、母が声を殺して泣いているのを聞きながら。

そして、儀式当日。

左埜介は身を清めた後、死出の旅路の白装束に身を包み、村人たちがこしらえた輿に乗って藤ヶ谷邸を出立した。

人柱の行列の行く先々では村人たちが並んで見送り、手を合わせて拝んでいた。

「左埜介様、どうか恨まねぇで成仏してくだせぇ」

「ありがたや、ありがたや」

沿道で村人たちの見送りを受け、しめやかに行列は進む。

淵までの道程、左埜介は努めてなにも考えないようにした。

そして、輿は険しい森を進み、長い時間をかけていよいよ淵へと到着する。

立会人の中には、息子を病で失った男と、夫を夜盗に殺された妻もいた。

彼らは左埜介と目が合うと、疚しさから顔を伏せた。

「左埜介様、どうか村のために堪えてくだされ」

最後まで言い訳がましい村長に、左埜介は薄く微笑む。

「水神様にお願いし、きっと雨を降らせてみせましょう。ですから約束、ゆめゆめお忘れなきようお願いします」

「わ、わかりました」

最後にそう念押しし、両手を合わせた左埜介はなんのためらいもなく、とん、と身軽く跳ね、淵へと身を投じた。

ふわりとした浮遊感の後、水面に叩きつけられた衝撃が全身を襲う。

死の直前、走馬灯のように今までの人生が脳裏を駆け巡るというが、それもなかった。

生きた年数が短すぎて、走馬灯で振り返るほどなかったせいかもしれない。

──淵の水神様、私の命一つでは足りぬかもしれませんが、どうか村をお救いください。雨を降らせてください。

そして、どれくらい時が経っただろうか。

一心不乱に、ただひたすらそれだけを祈り続けた。

ふと気づくと、左埜介は天高く舞い上がり、雲の上にいた。

ああ、自分は肉体を失ったのだ。

魂だけの存在となった左埜介は、しばらくそのまま宙を漂っていたが、一向に雨が降る気配はない。

いくら呼びかけても、水神の反応はなかった。

そして、左埜介は悟った。

かの神は、既にこの地を去ってしまっていたのだ。

それでは、自分の死は無駄だったのか？

絶望しかけた左埜介だったが、そんな場合ではないと己を叱咤する。

──なんとかして、雨を降らせなければ。

でなければ、水神がいなくなったことを知らない村人たちが、自分との約束を破り、また次の人柱を立ててしまうかもしれない。

左埜介は必死だった。
意識をこらし、目を閉じると、心眼で遙か遠くの山向こうに、雨雲が見えた。
あれをなんとかして、こちらまで移動させれば。
持てる力を振り絞り、左埜介は雨雲を呼び寄せる。
少し、また少し。
僅かではあるが、雨雲はじょじょに村へと近づいてくる。
なんとしてでも雨を降らせねばという必死の思いが、左埜介に再び力を与えてくれた。
ふと気づくと、雲の下では村人たちが歓声を上げていた。
なにがあったのかと覗き込むと、村の田畑に大粒の雨が降り注いでいた。
――雨が、降ったんだ……。
ほっとして、思わず力が抜けてしまう。
それから三日三晩雨は降り続け、乾き切った大地を存分に潤していく。
干上がった川も水路も豊かな水に溢れ、村人たちはようやく人心地を取り戻した。
――よかった……。
だが、油断はできない。
水神がこの地を去ってしまった今、なんとかして自分が代役を務めるしかない。
でなければ、飢饉に襲われる度にまた人柱を立てる話が出るかもしれないからだ。

そんな思いで、左埜介はそのまましばらく村を見守り、恵みの雨を降らせ続けることにした。

人でなくなった体感時間はひどくあやふやなものとなり、ほんの一瞬のつもりが数年経過していた。

すると、成長した弟の左兵衛は兄の鎮魂を願い、長い歳月をかけて石を刻み、手彫りの仏像を完成させていた。

村人たちは雨を喜んだが、諸手を挙げての喝采というわけにもいかなかった。

我が子を守るためとはいえ、左埜介を犠牲にした後ろめたさが、彼らをなにかせねばならないという強迫観念へと追い込んだのだ。

――左埜介様がこの村を救ってくださった。きちんとお祀りせねば、孫子の代まで祟りがあるやもしれぬ。

村人たちの間では、そんな空気が蔓延していた。

村外れに、左埜介様を祀ったらどうか？

誰からともなくそう言い出し、小さな祠が建てられる。

そこに弟が彫った仏像をご神体として安置し、左埜介はいつのまにか村に救いの雨を降らせた『慈雨様』として祀られるようになった。

村人たちも、薄々水神がこの地に不在だったことを察していたのかもしれない。

まった。

「慈雨様、今後もどうか村をお守りください」

村人たちはささやかな供え物を携え、左埜介の祠に手を合わせるようになった。

こうして、望むと望まざるとにかかわらず、左埜介は神として祀られるようになってしまった。

自分は、神などではない。

ただ一人の人間として生き、一人の人間として死んだのだ。

そう訴えたくても、もう左埜介の言葉は村人たちには届かない。

だが、次の人柱を出さないために、左埜介はこの地を去った水神に代わり、そのまま村を守り続けるしかなかった。

月日が経ち、弟が結婚して子が生まれ、めでたく跡継ぎが誕生した時は、我がことのように嬉しかった。

弟は幼い息子を連れ、度々左埜介が祀られている祠にお参りに来てくれた。

「兄上、藤ヶ谷家に立派な跡継ぎが生まれました。どうか安心してください」

弟と甥の笑顔を見ると、本当によかったと思えた。

こうして、瞬く間に時は過ぎ。

両親が先立ち、弟が老衰で亡くなり、甥が藤ヶ谷家の家督を継いで結婚し、また子が生まれた。

そうして百年近く経っても、左埜介はそのままだった。

左埜介自身はなにも変わらないのに、見守り続ける地上は目まぐるしく変化していく。

二百年、三百年。

長い年月の間に戦や災害など、さまざまな出来事があったが、まさにあっという間だった。

江戸時代から明治時代に入る頃、貧しかった村は次第に豊かになり、近くの山は切り崩されて多くの人が住む町となった。

昔は村人たちがこぞって手を合わせ、供え物も引きも切らなかったが、当時を知る者がいなくなると人々はじょじょに左埜介の存在を忘れていった。

「ねぇ、これなぁに？」

近くを通りかかり、母親に手を引かれた幼い子が祠を指して尋ねると、母親も首を傾げる。

「さぁ、なにかしら？　なにかの神様なんじゃない？」

人々にその存在を忘れ去られた慈雨の祠も、新しい道を造る工事の邪魔になり、藤ヶ谷家の庭に移動させられた。

その頃になると、左埜介の人柱伝説を知る者はほとんどいなくなり、近隣の住人たちが祠に手を合わせることも減っていった。

もう、自分を知る者もとうに存在しない。

そろそろ、お役御免になってもいいのではないか?

そう思ったものの、左埜介の心には次の人柱を出さないということだけがあり、その地を離れることができなかった。

それに、自分の子孫である藤ヶ谷家の行く末も気がかりだった。

藤ヶ谷家だけには代々、左埜介の偉業が当主によって語り継がれ、依然手厚く祀られていた。

藤ヶ谷家は左埜介の甥の子の、そのまた子、そのまた兄弟が継いでいき。

その後、男子に恵まれず婿養子をもらい受けたりしながら、家系は連綿と続いていった。

左埜介の祠はずっと藤ヶ谷家本家の敷地に祀られ、村を救った神として大切にされてきた。

藤ヶ谷家はその後明治時代に貿易業で成功し、家はますます栄えた。

そしてそれもすべて『慈雨様』のご加護のおかげだと感謝された。

さらに町は、めざましい勢いで発展し続け。

土埃が舞う畦道(あぜみち)は、コンクリートで綺麗に舗装されていく。

それを自分の手柄だなどと誇るつもりはない。

自分はただ、ひたすら子孫と村の行く末を見守り続けてきただけなのだから。

昭和に入り、終戦を迎えた後、人々は豊かになり、左埜介が今まで見たこともないようなご馳走が食卓を飾るようになっていた。

万人が飢えずに済む時代とは、なんて素晴らしいのだろう。

時折垣間見る、藤ヶ谷家の家族の食卓は、生前の懐かしい記憶を思い起こさせる。

だが、家族と過ごす温もりを、左埜介はあまりに長すぎる年月のせいで、もはや忘れかけてしまっていた。

もう一度、たった一度だけでいいから大切な家族に囲まれ、ああいう食事をしてみたいと願ったが、神と祀られた自分に家庭料理を供えてくれる者はいなかった。

彼の声も、ささやかな望みも、誰の耳にも届かない。

圧倒的な、孤独。

そして、いつしか五百年近くが経過し、彼は自分の霊体が若返っていることに気づいた。

その頃になると、もはや藤ヶ谷家の人間すらも左埜介の人柱伝説を語り継ぐ者がいなくなり、先祖代々受け継がれてきた風習だからと、半ば形骸的に祀られていただけだったから。

――ああ、これでようやくお役御免の時が来たのか。

このまま少しずつ若くなり、幼児になり、そして人々からの信仰を失った自分の存在はなかったことになり、この世から消滅するのだろう。

そう気づいた時、左埜介は深く安堵した。

これでやっと、静かに眠れると思った。

ただ、心残りは一つだけ。

自分は、人柱にされたことで誰も恨んではいなかったし、誰かを祟るつもりもなかった。

祟られないよう、自分が怨霊にならないようにと鎮めるために神に祀りあげられたことが悲しかった。

この思いを、消える前に誰かたった一人でもいい、知ってほしかったのだ。

ここで芽郁ははっと我に返り、現実へと引き戻された。

長い長い、白昼夢を見ていた気分だったが、実際はほんの一瞬だったのかもしれない。

――今のは、慈雨様の過去世の記憶……？

見ると、隣で立ち尽くしている蒼一郎も、驚きを隠せない様子だったので、彼が自分と同じ光景を目撃していたのだとわかった。

「慈雨様、私……」

知らなかった。

慈雨があれほど、家族の温もりを欲していたことを。

自分がほんの気まぐれでお供えした、干し柿のクリームチーズ和えや手料理を、あれほど喜んでくれていたことを。

「そなたたちは、わしを家族のように扱ってくれた。おかげで、長い心残りをようやく思い出すことができた。礼を言うぞ、蒼一郎、芽郁」

「慈雨様……」

空中に浮かぶ慈雨の小さな身体は、じょじょにまばゆい光に包まれていく。

「今、見てもらった通りじゃ。わしは、自らの意志で村を救った。誰を恨んでもいなかった。そのことを、たった一人でいい、誰かに知っておいてほしかったのだ」

長い長い、数百年という年月の間、誰にも自身の気持ちを語ることができなかった慈雨。

ようやく本心を吐露でき、彼は満足げな表情だった。

「ああ、そなたたちと過ごした日々は夢のようじゃった……楽しかったのう」

心残りが解消されたら、慈雨はこの世からいなくなってしまう。

そう察し、芽郁は叫ぶ。

「げ、現代では人柱なんて絶対復活しないから大丈夫ですっ！　慈雨様が心配しなくても、もう誰も犠牲になったりしないから安心してください……!」

言ってしまってから、これでは逆に慈雨が安心して成仏してしまうかと気づく。

「じゃなくて……慈雨様に成仏はしてほしいんですけど……うまく言えないんですけど、行ってほしくないです……っ」

「芽郁……」

「だって……! 私、今年の夏は慈雨様と一緒に、縁側で冷やしたスイカを食べるの、楽しみにしてるんですよ? それから、それから……また秋には慈雨様の大好きな干し柿をたくさん作ろうと思ってたのに……」

これからだって、楽しい時をたくさんたくさん共に過ごすつもりだったのに。いなくなってしまうなんて、あんまりだ。

思わず涙声になってしまうと、慈雨は嬉しそうに微笑んだ。

「ありがとう。短い間ではあったが、そなたたちと暮らせて、まるで家族を得られたようでとても楽しかったぞ」

すると、今度は蒼一郎が頭を下げる。

「慈雨様……! 俺は子孫を残さない人生を送るかもしれませんが、少なくとも俺の代までは慈雨様をきちんとお祀りすると約束します。それは恩恵や御利益が欲しいからじゃない、慈雨様に……うちにいてほしいからです。俺からもお願いします、どうか行かないでください……！」

「蒼一郎さん……」

蒼一郎も同じ気持ちなのが伝わってきて、芽郁は嬉しかった。

だが、慈雨は静かに首を横に振る。

「そなたたちの気持ちは嬉しいが、これは世の理なのじゃ。誰にも変えることはできぬ」

「慈雨様……」

「そなたたちは似合いの夫婦になると、このわしが保証しよう。息災に暮らせよ？」

最期にそう微笑み、慈雨の姿は雲の中に溶けるように消えていった。

「慈雨様……‼」

澄み切った青空に、芽郁の悲鳴がこだまする。

慈雨が消えてしまったことがまだ信じられなくて、二人はただその場に立ち尽くし、空を見上げていた。

そして、どれくらい時間が経っただろうか。

ふと気づくと、ぽつり、ぽつりと冷たい水滴が芽郁の頬を濡らした。

パラパラと降ってきた雨は、瞬く間に大降りになっていく。

「慈雨様だ……！　慈雨様の、恵みの雨ですよ、きっと。蒼一郎さん……‼」

「ああ、そうだな……」

二人は言葉もなく、空を見上げる。

おいしそうに、自分たちの料理を食べてくれて。

風に吹かれて、コロコロと空中を転がって。

モナカと一緒に、縁側でお昼寝をするのが大好きで。

そんな愛らしい姿は、もう二度と見られない。

もう、この世に慈雨はいないのだ。

そう思うと悲しくて、切なくて涙が溢れてくる。

「……うわ～ん！」

突然子どものように、声を上げて泣きじゃくり始めた芽郁に、蒼一郎がぎょっとしている。

「な、泣くなっ」

「だってだって……私、慈雨様のなんのお役にも立てなかった……っ」

振り返ってみると、自分は慈雨のためにまだなにもできていなかった気がして、心残りだった。

「慈雨様は、そんなこと思っていないさ。きみにはきっと、感謝しているはずだ」

「……い、いつもは無愛想で怒りんぼのくせに、こういう時だけ、どうしてそんなに優しいんですか……っ？」

「……俺はいつも、そんなにひどいのか？」

とにかく濡れるから中へ入ろう、と蒼一郎に手を引かれ、芽郁はグスグス鼻を啜り上げながら屋敷へ戻る。

蒼一郎がタオルを取ってきてくれたので、それを頭からかぶり、二人並んで離れの縁側に佇み、しばし雨空を眺めた。

「……なんとなく、今はわかる気がするんです。慈雨様はきっと、神様として崇め奉られるより、家族の一員として接してもらいたかったんじゃないかって」

若くして亡くなった彼は、その生い立ち故に、人一倍家族の温もりを欲していたのかもしれない。

「……そうだな、きっとそうだ」

素直に同意した蒼一郎が、芽郁を見つめ、頷く。

自分の家族を持つことが叶わなかった彼だから、よけいに藤ヶ谷家の繁栄にこだわり、縁結びしたかったのかもしれない。

「きみが干し柿のクリームチーズ和えをお供えしなかったら、慈雨様と会うことはできなかっただろう。長年藤ヶ谷家を守ってもらったのに、最大の心残りを抱かせたまま逝かせるところだった。最期にきみに出会えて、慈雨様はしあわせだったと思う。藤ヶ谷家の代表として、礼を言わせてくれ」

蒼一郎からもらった、その『ありがとう』はなにより嬉しかったので、芽郁はまた涙腺が緩んでしまう。

「そ、蒼一郎さんがそんなに素直だと、なんか気持ち悪いじゃないですかっ」

「ずいぶんな言いぐさだな、おい」

涙を誤魔化すために、芽郁は音もなく歩み寄ってきたモナカの背を撫でる。

「モナカさんも、慈雨様がいなくなって寂しいですね」

そう話しかけると、モナカがにゃあ、と鳴く。

慈雨がいなくなったことで、もうモナカがなにを言っているのかもわからない。

だが、普段は塩対応のモナカも、まるで芽郁の気持ちを察したかのように、ただ黙って撫でさせてくれたのだった。

それから、数日後。

——はぁ……朝ご飯の仕度、しなきゃ……。

芽郁は寝不足で朦朧(もうろう)とした意識のまま、離れのキッチンへ向かった。

寝起きでぼんやりしているので、食器棚を開け放していたことを忘れ、立ち上がって勢いよく額をぶつけてしまう。

「痛たた……」

慈雨が消えて以来、自分でもどうしようもないくらい元気が出ない。

デザインの仕事も作業がなかなか進まず、遅れに遅れてこのところ睡眠不足なのだ。

――夕飯の買い物は、どうしようかな。

まだうまく働かない頭で、冷蔵庫の中身を確認し、スマホを取り出してメニューを検索した。

ついでに、カメラロールに保存してある写真をぼんやりと眺める。

慈雨と共に過ごし、一緒に食べた料理の数々の写真。

ああ、この時はすごく喜んでくれたっけ、とか、この頃マヨネーズにハマっていたなぁ、などと懐かしく思い出される。

慈雨がいなくなって、もう料理を食べてもらえなくなってしまったのだが、芽郁はそれでも毎朝毎晩欠かさず、慈雨の分の食事も裏庭の祠の前に供え続けた。

そうしないと、なんとなく自分の気が済まなかったから。

蒼一郎も、それを見てもなにも言わず、彼の当番の日は同じように作った料理をお供えしているので、多分同じ気持ちなんだと思う。

意外だったのは、慈雨がいなくなった翌日、義之と尚也が神妙な面持ちで訪れ、慈雨の祠に謝らせてほしいと申し入れてきたことだ。

どうするのかと見守っていたが、蒼一郎は彼らを受け入れ、祠に手を合わせることを許した。

彼曰く、祟りを恐れてのことだろうが、それでも謝る気持ちになったことは評価したいのだそうだ。

以前の彼なら、問答無用で追い返していた気がするので、慈雨と関わったことで蒼一郎も自分も多少は成長できたのではないかと思う。

大あくびをしながら移動し、さっきぶつけたところにまた突進しそうになると。

「おっと」

不意に脇から手が伸びてきて、食器棚の扉から芽郁の額をガードしてくれた。

振り返ると、思いのほか近くに蒼一郎の顔があり、芽郁は思わずドキリとしてしまう。

「そ、蒼一郎さん……」

「危ないぞ、気をつけろ」

「は、はい、ありがとうございます」

覇気がない芽郁を見て、蒼一郎が冷蔵庫を開ける。

「俺が作る。座ってろ」

「え、でも今日は私の当番で……」

「その様子だと、ゆうべもろくに寝てないんだろう？　そんな状態で火を使って火傷でもされたら労災になる。大人しく待ってろ」

「……すみません」

実に彼らしい物言いだが、それが彼なりの思いやりだとわかっているので、芽郁は嬉しかった。

「しらすが少し残っているから、こないだきみに教わった、しらすチーズトーストでいいか？　あれは慈雨様も大好物だから……」

蒼一郎がなにげなく言いかけ、はっと口を噤む。

芽郁が視線を落とすと、蒼一郎はトーストを載せる皿二枚と、慈雨用の小皿を用意していた。

つい今までの習慣で、慈雨の分の食事も用意してしまう。

それが芽郁と蒼一郎の間で、いまだに続いていた。

慈雨の名が出たことで、キッチンに気まずい沈黙が落ちる。

すると音もなくキッチンにやってきたモナカが、にゃあ、と鳴いた。

慈雨がいなくなって以来、モナカの言葉もわからなくなってしまったが、過去の経験から推測できる。

「……ほら、モナカさんが、『あんたたち、なに辛気くさい顔してんのよ。しゃっきりしなさい！』って言ってますよ、きっと」

「……そうだな」

蒼一郎もだいたい当たっていると思ったのか、素直に同意する。

「私、コーヒー淹れますね」

芽郁がお湯を沸かしている間に、蒼一郎が手早くフルーツサラダを作ってトーストを焼き上げ、朝食にする。

刻んだ大葉としらす、チーズを乗せて焼いたトーストは、チーズとしらすの相乗効果で塩味が少し強めだが、そこを大葉がさっぱりとさせてくれる効果があり、いつも通りおいしかった。

江ノ島はしらすが名物なので、近所の店で新鮮な釜揚げしらすが手に入る。

慈雨はこれが大好物だった、となにを食べても彼のことを思い出してしまう。

ダイニングテーブルで向かい合う、二人きりの食事にはまだ慣れなくて。

いただきますの挨拶の後は、つい黙々と食べることに集中した。

——き、気まずいなぁ……。

今までは慈雨がいてくれたから話も弾んだが、いざ二人きりになると、なにを話していいかわからない。

それは蒼一郎も同じようで、眉間に皺を寄せ、まるで修行僧のごとき面持ちでトーストを囁っている。

「あ、あの……今日お帰りは何時頃になりそうですか？　夕飯、なにがいいですか？」

無理に話題を振ると、蒼一郎は「今日は部の飲み会があるんだ。遅くなるから先に寝ていてくれ」と答えた。

「そう、ですか……」

それでは、今夜はぼっち飯か、と少しがっかりしてしまう。

なら、なにも作る気がしないので、ありあわせで済ませてしまおうと思った。

今までもずっと一人で食事をしていたはずなのに、ここでの賑やかな食卓にすっかり慣れてしまったので、なんだかひどく寂しく感じられる。

しょんぼりしてしまった芽郁を見て、蒼一郎がおもむろに切り出す。

「それで……今後のことなんだが」

「は、はい」

もう慈雨はいないのだから、住み込みの管理人は必要ないはずだ。

いつ彼から契約解除を申し渡されるかと、実は内心戦々恐々だった芽郁は、思わず居住まいを正した。

「私、やっぱりクビ……ですよね？　慈雨様はもういらっしゃらないんですから……」

すると、意外にも蒼一郎は首を横に振った。

「いや、慈雨様はいないとしても、引き続きお供えはしてもらいたいと俺は思っている。モナカの世話もあるし、きみさえよければ、このまま管理人を続けてほしいんだが」

「え、いいんですか？　それは、私はすごくありがたいですけど」

でも、蒼一郎さんは？

そう聞きたかったが、なかなか切り出せない。

すると、蒼一郎が続ける。

「前の部屋の管理会社が、お詫びに近くのいい物件を紹介してくれたんだ。新築で、いつでも入居できるらしい」

「そう……なんですか。よかったですね」

やはり、その話だったのかと芽郁は落胆した。

――え、なんでこんなにがっかりしてるんだろ、私？

蒼一郎が東京に戻りたがっているのは、最初から知っていたはずなのに。

元々、古民家でのおひとりさま生活を満喫したくてこの仕事に応募したのだから、彼が東京に戻るのは万々歳なのではないか？

そう思いつつ、さらに元気をなくした芽郁に、蒼一郎が思い切った様子で問う。

「……きみは、どうしてほしい？」

「え、私？　私じゃなくて、蒼一郎さんが決めることじゃないんですか？」

意味がよくわからなかったのでそう問い返すと、蒼一郎は「いや……そういう意味ではなく」と口ごもった。

「通勤時間を考えたら、都内に住んだ方が便利ですもんね。大丈夫です！　このお屋敷は責任持って私が管理しますので、蒼一郎さんは安心して東京へお戻りになってください」

「そ、そうか……」

芽郁としては、蒼一郎のことを思って無理をしてそう答えたのだが、なぜか今度は蒼一郎がかなり意気消沈している。

――？　蒼一郎さん、なにを落ち込んでるんだろう？

「あ、次のお休みなんですけど、よかったら郷土資料館に行きませんか？　もう慈雨様がいらっしゃらないので、意味ないかもしれないけど」

年を跨いでいた郷土資料館の工事がようやく終わり、今週開館したのを芽郁は忘れずにチェックしていた。

「わかった。一緒に行こう」

この二人、お世辞にも恋愛偏差値が高いとは言えないので、互いのためを思い、絶妙に擦れ違い、自分の気持ちを打ち明けるタイミングを完全に見失っていた。

補修工事が終わり、外観が真新しくなった郷土資料館は、さほど広くはなかったが鎌倉の歴史を辿れる昔ながらの施設だった。

昨今の博物館はVRや3DCG画像などを駆使した最先端技術が使われているらしいが、このこぢんまりとした資料館は展示品のみがあり、人気もまばらだ。

あらかじめ蒼一郎が電話でアポを取っておいたので、館長に会って話を聞くことができた。

「竜蔵さんのお孫さんにお目にかかれて嬉しいです。竜蔵さんには、貴重な文献や資料をたくさん寄贈していただきました」

眼鏡をかけた、初老の館長は好意的に二人を迎えてくれる。

藤ヶ谷家の歴史と屋敷神の関係について知りたいとお願いすると、館長は特別にと展示ケースの鍵を開け、白手袋をつけて書物を開いて見せてくれた。

見せてもらうが、達筆な上にくずし字なのでよくわからない。

すると、館長が解説してくれた。

「時代で言うと、千五百年代、安土桃山時代に記されたものですね。藤ヶ谷家は、少なくとも五百年以上続いた名家となります」

館長の話では、藤ヶ谷家の代々の当主が当時の記録を遺しており、次の世代、またその次の世代へと脈々と引き継いできたらしい。

「あの、うちの庭にある屋敷神様は、うちのご先祖様だったというのは本当なんですか？」

「ええ、この記録によると、藤ヶ谷左埜介という方が、当時干ばつから村を救うために人柱となり、その功績が称えられて地元の神として祀られるようになったとありますね」

館長がかいつまんで説明してくれた内容は、慈雨に見せられたヴィジョンとほぼ一致していた。

やはり、あれは慈雨が実際に体験した現実だったのだと思い知らされる。

「怨霊化するのを防ぐために、人柱の犠牲者を神として祀ることは、当時めずらしくなかったようですね」

「……」

知りたいことは聞けたので、二人は館長に礼を告げ、郷土資料館を後にした。

「慈雨様は、やっぱりここいら一帯で信仰されていた神様だったんですね」

「泣くなよ？」

「……わかってますっ」

口ではそう言いながらも、芽郁はまた鼻を啜る。

「時の流れで、人々に忘れ去られていくのはしかたがないことですもんね……」

だが竜蔵のおかげで、藤ヶ谷家の歴史はこれからもあの資料館で末永く保存され、後世に語り継がれていくだろう。

それは、とてもいいことのように思えた。

すると、それまで押し黙っていた蒼一郎が、口を開く。

「慈雨様は……たった二人だけでも、俺たちに自分の本当の気持ちを知ってもらって嬉しかったと思う。心優しい、慈雨様という方がこの世に存在していたことを、ほかの誰が知らなくてもいい、俺たちだけが知っていれば、それでいいと思わないか？」

「蒼一郎さん……」

思えば、最初はまったく非科学的なものは信じないとかたくなだった頃の彼を思い出すと、この人もずいぶん変わったなと実感する。

そう、初めは一目惚れした古民家おひとりさま生活を満喫するためという利己的な動機だった自分も、変わった。

人と人との出会いは、こうして人生を変えていくものなのかもしれない。

芽郁と並んでバス停まで歩きながら、蒼一郎は空を見上げる。

「今まで、藤ヶ谷家の存在は俺にとって重荷でしかなかった。でも慈雨様の弟が、慈雨様のことを詳細に記録して後世に語り継ぎ、藤ヶ谷家の代々の当主がそれを忠実に守ってきたから五百年近く経った今、俺たちがこうしてあの方が存在した軌跡を辿ることができたんだと思うと、なんというか……感慨深い」

「そうですね。人が守り、受け継いできたものの重さを感じますね」

芽郁も、つられて空を仰ぎ見る。

天国で、今頃慈雨がなんの憂いもなく、しあわせに暮らせていたらいいなと思う。

「帰りに、またあの店のショートケーキを買って、慈雨様にお供えするか」

「はい……！」

エピローグ

こうして、心は通じ合ったかに思えた二人だったのだが。

悲しいかな、長年恋愛市場に参戦していなかった二人には、本心を伝え合うのはなかなかに荷が重かった。

「そ、蒼一郎さんは、いつ東京にお戻りになるんですか？」

「……そんなに俺をあっちに帰したいのか？」

「え？　今なんて？」

「…………いや、なんでもない」

そんな不毛なやりとりを何度か繰り返し、擦れ違い続けた結果。

慈雨がいなくなってから、約半月後。

蒼一郎が新しく契約した、職場近くのマンションの家具も揃い、住環境が整ったということでついにそちらへ戻ることになった。

一応蒼一郎を見送ってくれるつもりなのか、めずらしくモナカが大人しく芽郁に抱っこされている。

「なにか困ったことがあったら、いつでも連絡してくれ。弁護士の浜中さんが近所にいてくれるから、大丈夫だとは思うが」

身の回りの品を詰めた旅行用スーツケースを引き、蒼一郎が玄関で靴を履く。

「蒼一郎さん、ずっとお預かりしてたこれ、お返しします」

そう言って、芽郁は大事にしまっておいた彼の腕時計を差し出す。

すると、蒼一郎は首を横に振った。

「それはきみにあげたものだ。きみが持っていてくれ」

「でも……」

「いいんだ」

重ねて言われ、それ以上は食い下がれなくなり、芽郁は腕時計をぎゅっと握りしめた。

——本当に、このまま蒼一郎さんを行かせてしまっていいんだろうか？

最後の最後まで迷っているうちに彼が玄関を出てしまったので、モナカを抱っこしたまま芽郁も急いで靴を履いて追いかける。

「それじゃ……」

蒼一郎が、スーツケースを引き、屋敷前から歩き出す。

——待って、行かないで……！

そう声をかけたいのに、うまく言葉が出てこない。

自分の気持ちを押しつけたら、蒼一郎は自分の感情を押し殺して、ここに残ってくれるかもしれない。

だがそれで、本当にいいのだろうか？

ついグルグルと、そんなことばかり考えてしまう。

――慈雨様、私いったいどうしたら……？

思わず天を振り仰ぎ、手の中の腕時計を握りしめた、その時。

「まったく、そなたたちは焦れったくて見ておられんのう」

ふいに聞き覚えのある声が、空から降ってきて。

そして、あの忘れようのない鈴の音……！

芽郁と蒼一郎は、同時に上を見上げる。

「慈雨様……⁉」

空中にふわりと出現したのは、幼児の姿ではなく十二、三歳くらいの美少年だった。

まるで体重を感じさせぬ所作で、とん、と草履を履いた足で地面に降り立つと、長い黒髪をポニーテールのように結い上げた慈雨は屈託なく笑う。

生前の姿のままなのか、もう白一色の着物姿ではなく、ゆったりとした普段着らしき和服を身にまとっている。

「ありゃ、しまった。しばらくひそかに見守るつもりが、そなたたちがあまりに焦れったいのでつい出てきてしまったぞ」

「じ、慈雨様、なにがどうして、どうなってここに⁇」

「まぁ、いったん落ち着け、芽郁」

本来の姿に戻った慈雨は、とても自然体で楽しげだ。

「わしもあのまま消滅するものとばかり思っておったのだが、そなたたちの信心の力は思った以上に強かったようじゃのう」

「信心の、力……？」

それはつまり、慈雨が存在すると信じて手を合わせ、話しかけたりお供えをしたりすることなのだろうか？

芽郁と蒼一郎は、思わず顔を見合わせる。

「そなたたちがわしの存在を認め、受け入れてくれたおかげで、どうやら力を取り戻せたようじゃ。せっかくここまで見守り続けたのじゃから、せめてそなたたちの子らの行く末くらいは見守っていこうかと思ってな」

「お、俺たちの子って……なに言ってるんですか、慈雨様！」

と、めずらしく蒼一郎が動揺している。

「やれやれ、そなたたちは絶望的に『恋愛すきる』が低いのう。互いの気持ちに、まったく気づかぬとは」

「……え？」

慈雨に言われ、芽郁と蒼一郎は再び顔を見合わせる。

「蒼一郎は、出ていきたくない。芽郁は蒼一郎にここにいてほしい。互いの望みは合致しておるのに、なにを悩むことがある？」

「そ、そうなんですか？　蒼一郎さん」

「きみこそ、俺にいてほしいのか？」

同時に質問をぶつけ合い、二人は耳まで真っ赤になってうつむく。

「だって……東京のお部屋の方が通勤に便利だから、蒼一郎さんは戻りたいんだろうと思ってました」

「きみはおひとりさま生活を楽しみたいと言っていたから、俺はいない方がいいんだと思って……」

「そう、それが互いを思いやる心じゃ。じゃが、それで擦れ違っておっては元も子もないではないか」

確かに、慈雨の言う通りだ。

すると、蒼一郎が先に口を開く。

「そ、そんなに言うなら、ここに残ってやらんこともない。鎌倉からの通勤も、もうすっかり慣れたしな」

「雇用主との同居は気を遣いますけど、蒼一郎さんがどうしてもいたいっておっしゃるなら、私の方はべつにかまいませんよ？」

素直でない二人はそう張り合い、顔を見合わせて同時に噴き出す。

「なんだ、もっと早く本当の気持ちを伝えればよかった」

「私もです」

東京の部屋は解約する、と蒼一郎が即断し、芽郁はほっとした。

「さて、わしのおかげで話がまとまり、一件落着じゃの」

「慈雨様、少し早いですけどお昼ご飯にしましょう。慈雨様に食べてもらいたいお料理のレシピ、たくさんストックしてあるんですよ！」

「それは楽しみじゃ。二人とも、わしがいなくなっても、ずっと供え物をしてくれていたな。嬉しかったぞ」

慈雨に礼を言われ、二人は照れ笑いをする。

「蒼一郎、芽郁、わしは現代文化を学んだ故、今が多様性の時代であるのは理解しておる。無理に子孫を残さず、二人だけの人生を送るのもよい。それぞれがおひとりさまの人生をまっとうするのもよい。どう生きるのも、そなたたちの自由じゃ。ただ、己の気持ちに正直に、精一杯自分だけの人生を生きるがよい。どのような道を選んだとしても、わしはずっと見守っておるからな」

「慈雨様……」

「とはいえ、わし自身はそなたたちの縁結びをあきらめたわけではないがな！」

「ええっ⁉ 話がぜんぜん違うじゃないですかっ」

「そこはほれ、本音と建前というやつよ。そなたたちの子が生まれたら、きっと可愛いじゃろうのう。その行く末まで見守るために、わしもあと数十年頑張れるんじゃがのう」

暗にチラッチラと意味深な視線を送られ、芽郁と蒼一郎は再び赤面した。

「「慈雨様……！」」

「ほっほっほ、よきかなよきかな」

玄関先でわちゃわちゃしていると、芽郁に抱かれたモナカから、「あんたたち、興奮しすぎなのよ。それよりさっさと、慈雨様がお戻りになられたお祝いの宴の仕度をなさい」とお叱りを受ける。

「はい、モナカさん、ただいま準備します……！」

この日々が、いつまで続くかはわからないし、自分たちが結婚するかどうかも今は不明だけれど、皆で過ごすこの楽しい日常がもう少しだけ続くといいな、と芽郁と蒼一郎はひそかに思うのだった。

本作品は書き下ろしです。

本作品に関するご意見、ご感想などは
〒101-8405
東京都千代田区神田三崎町2-18-11
二見書房 サラ文庫編集部 まで

屋敷神様の縁結び（やしきがみさまのえんむすび）
～鎌倉暮らしふつうの日ごはん～（かまくらぐらしふつうのひごはん）

2022年 6月 10日 初版発行

著者 瀬王みかる（せおう）

発行所 株式会社 二見書房
東京都千代田区神田三崎町2-18-11
電話 03(3515)2311 [営業]
03(3515)2314 [編集]
振替 00170-4-2639

印刷 株式会社 堀内印刷所
製本 株式会社 村上製本所

落丁・乱丁本はお取り替えいたします。
定価は、カバーに表示してあります。

ISBN978-4-576-22069-7
https://www.futami.co.jp/sala/